MÄDCHEN VON HEUTE

Liebe Caroline!

Ein Buch für Dich!

Ostern 1989

Deine Mama

SHEILA HAYES

Das Glück läßt warten

FRANCKH'SCHE VERLAGSHANDLUNG
STUTTGART

Aus dem Amerikanischen übertragen von Ingrid Altrichter
Titel der Originalausgabe: »Me and my Mona Lisa Smile«
(Verlag: E. P. Dutton Inc., New York, 1981/ISBN 0-525-66731-8)
© 1981, Sheila Hayes

Umschlaggestaltung von Alice Piringer
Foto: Mauritius/Jauregui

CIP-Kurztitelaufnahme der Deutschen Bibliothek

Hayes, Sheila:
Das Glück lässt warten / Sheila Hayes. [Aus d.
Amerikan. übertr. von Ingrid Altrichter]. —
Stuttgart: Franckh, 1983.
(Mädchen von heute)
Einheitssacht.: Me and my Mona Lisa smile ⟨dt.⟩
ISBN 3-440-05142-0

Franckh'sche Verlagshandlung, W. Keller & Co., Stuttgart 1983
Alle Rechte an der deutschsprachigen Ausgabe, insbesondere das Recht der Vervielfältigung
und Verbreitung, vorbehalten. Kein Teil des Werkes darf in irgendeiner Form (durch Fotokopie, Mikrofilm oder ein anderes Verfahren) ohne schriftliche Genehmigung des Verlages
reproduziert oder unter Verwendung elektronischer Systeme verarbeitet, vervielfältigt oder
verbreitet werden.
Für die deutschsprachige Ausgabe:
© 1983, Franckh'sche Verlagshandlung, W. Keller & Co., Stuttgart
ISBN 3-440-05142-0 / L9eg Hcs
Printed in Czechoslovakia / Imprimé en Tchécoslovaquie
Gesamtherstellung durch Artia, Prag

Oh, hätte ich doch niemals diesen doofen Test gemacht! Er hat mir den ganzen Tag verpatzt, die ganze Woche, eigentlich das ganze Jahr. Andererseits konnte ich nicht widerstehen, weil er mir versprach, mich darüber aufzuklären, wo ich mich gerade auf meinem Weg zur sexuellen Erfüllung befand. Wenn ich bloß vor der Mathestunde nicht vorm Aufenthaltsraum stehengeblieben wäre! Wenn ich bloß nicht alle die Mädchen gesehen hätte, die sich um Marge Redfield scharten und über die *Modern Woman* von diesem Monat tuschelten! Wenn bloß... Wenn bloß die vielen »Wenn« nicht wären, wäre mein Leben viel leichter.

Ich hatte vorm Unterricht nur noch zwei Minuten Zeit, aber ich mußte unbedingt die Zeitschrift in die Finger bekommen und herausfinden, was denn daran so aufregend war. Da fiel mir ein, daß Marge mir noch einen Dollar schuldete, seit sie in der vergangenen Woche mal ihr Pausenbrot vergessen hatte und ich gerade in Geld vom Babysitten schwamm.

»Marge«, begann ich so beiläufig wie möglich, »leihst du mir die Illustrierte?« Sie sah mich an, als hätte ich sie gebeten, mir ihr linkes Ohr zu borgen. »Du brauchst mir auch den Dollar nicht zurückzugeben, der gestern fällig war...«

Sie überlegte einen Augenblick, dann reichte sie mir mürrisch die Zeitschrift.

»Ein Dollar für eine Stunde. Das ist mein Tarif. In Physik krieg ich sie wieder.«

Ich bückte mich, schnappte die Zeitschrift und rannte los. Früher hatte ich immer geglaubt, wenn ich erst endlich in der High School wäre, dann würden alle Fächer wenn schon

nicht spannend so doch wenigstens leidlich interessant sein. Aber sie waren ganz genauso langweilig wie das, was wir in der Grundschule hatten. Mathe war am schlimmsten. Ich verstand nichts. Rein gar nichts!
Aber ich hatte wenigstens die *Modern Woman* ergattert. Vorsichtig schob ich sie in mein Matheheft, klappte sie so zusammen, daß nur eine Seite zu sehen war und ich ein Blatt Papier darüberlegen konnte. Die vorgesehenen Kästchen konnte ich allerdings nicht mehr ausfüllen, denn sie hatten bereits kleine Löcher, da wo schon hundertmal etwas hineingeschrieben und dann wieder ausradiert worden war.
Mit dem Arm verdeckte ich geschickt die ins Auge springende, imponierende Überschrift:
FINDEN SIE HERAUS, WO *SIE* SIND, AUF DIESER... FÜR JEDE FRAU HÖCHST AUFREGENDEN REISE!
Ich war so neugierig, daß ich es kaum aushielt. Als ich mit dem Test begann, ging ich davon aus, daß das, was ich nicht verstand, irgend etwas Perverses sein müßte, was nur Ausgeflippte machten... in einem Keller... in der Dunkelheit der Nacht... Aber als ich zur zweiten Seite kam, wurde ich allmählich ein wenig unruhig. Zwischen dem Zeug, das ich nicht verstand, und dem, das ich zwar verstand, aber nicht tat, hatte ich schrecklich viele Nullen. Kate saß in der Reihe vor mir. Sie drehte sich dauernd um und fragte in diesem Flüsterton, den man noch zwanzig Meilen entfernt hätte hören können:
»Rowena, bist du noch immer nicht fertig?« Kate Oliver und ich waren jahrelang die besten Freundinnen gewesen, aber seit wir in die High School gingen, gehörten wir zu verschiedenen Cliquen. Ich zog mit Beth Reardon herum und sie mit Marge Redfield und deren Klüngel. Vermutlich ändern sich die Menschen, wenn sie älter werden, und wir, Kate und ich, teilten einfach nicht mehr dieselben Interessen. Ich glaube wirklich nicht, daß die Tatsache, daß sie auffallend hübsch geworden

war, während ich immer noch unscheinbar aussah, dabei eine entscheidende Rolle spielte.
Ich schüttelte den Kopf, um Kates Neugier abzuwehren. Das war *streng privat*. Außerdem, falls ich nicht gerade eine umwerfende Punktzahl erreichen sollte, lag mir wenig daran, daß die ganze Schule es erfuhr.
Endlich war ich mit dem Test fertig und las die Auswertung.

30—40 (höchster Rang)...	Sie sind außer Rand und Band geraten. Vorsicht! Unfallgefahr!
20—30	Sie fahren in flottem Tempo und kennen wahrscheinlich den Weg.
10—20	Sie schleichen dahin. Vermutlich haben Sie sich verirrt und suchen nach einem Wegweiser.
0—10	Sie stehen noch in der Garage.

Ich hatte sieben Punkte!
Als es am Ende der Stunde klingelte, zerriß ich sofort das Blatt mit meinen Zahlen. Zuerst in zwei Hälften, dann in Viertel, dann in Achtel, bis ich ein hübsches Konfettihäufchen in der Hand hielt. Dann stopfte ich das Konfetti in die Tasche meiner Jeans und wartete eine Gelegenheit ab, bis ich auf die Toilette gehen und die Papierschnipsel hinunterspülen konnte. (Ich übe mich als Geheimagentin!) Nein, eigentlich bin ich nur ein sehr vorsichtiger Mensch, der sich gar nicht gern in die Karten gucken läßt. Aber ich habe neugierige Eltern. Und drei neugierige Schwestern!
Während ich meine Bücher einsammelte, rannte Kate her und fragte: »Wie viele Punkte hast du denn, Row?«
»Ich, mh, ich bin noch nicht fertig.«
»Ich verrate dir, wieviel ich hab, wenn du versprichst, daß du

es keiner Menschenseele weitererzählst. Ich könnte vor Scham tot umfallen, so erbärmlich ist es.«

Hand aufs Herz: Ich drückte mir im stillen die Daumen und die großen Zehen dazu, als ich in dem, was ich lächerlicherweise meine Brust nenne, Hoffnung aufsteigen fühlte. »Na, wieviel hast du denn?«

»Versprichst du mir, daß du's mit in dein Grab nimmst?«

»Ich verspreche es.«

»Ich hab neunzehn. Ich könnte glatt sterben.«

Ich auch, hätte ich gern gesagt. Statt dessen sagte ich nur: »Das ist doch kein so schlechtes Ergebnis«, und ich hoffte, daß sich das, was in meiner Stimme mitschwang, wie Sympathie anhörte.

Sie verdrehte die Augen. »Jetzt aber! Du weißt genau, daß das hundsmiserabel ist. Carla Morgan hat 32 Punkte.«

»Aber sie ist schon in der Oberstufe, und du weißt ja, daß sie eine Bonnie Sue Detweiler ist«, sagte ich und schluckte mühsam, während meine Gedanken wie wild um diese Neuigkeit kreisten. Zweiunddreißig Punkte! Ich hätte Kate schrecklich gern gefragt, wie sie neunzehn Punkte geschafft hatte, aber sie hielt sie anscheinend für so entsetzlich, daß ich es nicht wagte. Da ich die Clique kannte, mit der sie herumzog, hatte ich mir vorgestellt, sie hätte es vielleicht schon auf vierzehn oder fünfzehn Punkte gebracht, aber neunzehn! Das waren ja beinahe zwanzig!

Als wir die Treppe zum Physiklabor hinaufstiegen, begann ich, mich zu fragen, ob Kate wohl auch eine Bonnie Sue Detweiler würde. Bonnie Sue Detweiler ist eine legendäre Gestalt in Hillsdale. Sie war ein sehr ernstes Mädchen und spielte im Orchester der Hillsdale High School das Cello. Sie war eine richtige Musterschülerin, Vizepräsidentin in ihrer Klasse, und plötzlich, mit sechzehn, brannte sie mit einem zweiundvierzig Jahre alten Saxophonspieler aus Brentwood durch. Ihre Eltern ließen dann die Ehe für ungültig erklären, und man munkelte, daß sie ihre Ausbildung in einer Klosterschule in Guatemala beendete.

Ich betrachtete Kate mit einem gewissen Respekt. Sie ist klein, etwa einen Meter fünfundfünfzig, hat schönes, blondes Haar und makellose, feine Gesichtszüge. Kate gehört zu den Mädchen, auf die jeder Junge sofort fliegt. Kaum daß sie den Unterschied erkennen können, wissen die Jungs auch schon, daß Kate genau so aussieht, wie sie es von einem Mädchen erwarten.

Ich bin dagegen mindestens fünf Zentimeter größer als alle anderen in der Schule (vielleicht sogar in der ganzen Welt), außerdem habe ich lange, glatte, farblose Haare und, um allem die Krone aufzusetzen, noch den Mund voll Metall von Dr. Barclay. Wenn ich lächle, versuche ich, wie Mona Lisa auszusehen. Nur glaube ich nicht, daß sie Sommersprossen hatte.

Gutes Aussehen ist allerdings noch nie meine Stärke gewesen. Der Ärger ist bloß, ich weiß bisher überhaupt nicht, was eigentlich meine Stärke ist. Angeblich ist es so großartig, heutzutage eine Frau zu sein, und vermutlich stimmt das auch, aber ich bin noch keine, ich habe noch nicht einmal ein eigenes Ich. Manchmal komme ich mir bloß wie eine Luftblase vor. Ich rede mir ständig ein, daß ich geduldig sein muß, daß ich eines Tages aufwachen und dann ganz bestimmt genau wissen werde, wer Rowena Swift wirklich ist. Dann werde ich ICH sein, und dieses Ich wird umwerfend sein. Doch an manchen Tagen fällt mir das Warten schrecklich schwer.

Während der ganzen Physikstunde stierte ich neidvoll auf Kate. Ich hätte alles getan für neunzehn Punkte.

Als ich heimkam, pfiff Dad in der Küche vor sich hin. Er hält wieder einmal eine Diät ein, was bedeutet, daß er die ganze Zeit kocht. Seit er an der Volkshochschule einen Kurs für

»Kreatives Kochen« gemacht hat, glaubt er, er sei ein Meister der feinen Küche. Und wenn er selbst gerade diät lebt, behauptet er, es täte ihm gut, mit Lebensmitteln zu hantieren und ihre Düfte zu riechen. Ich meine eher, daß er gerade eine Midlifecrisis durchmacht, so wie jene Chefchirurgen, von denen man manchmal in der Zeitung liest, daß sie einfach aus dem Operationssaal hinausmarschieren und in den Wald gehen, um Förster zu werden. Mein Dad ist selbständiger Grundstücksmakler, deshalb ist seine Arbeitszeit recht flexibel. Wenn es ihn anficht, kann er einfach nach Hause laufen und zu kochen anfangen.
»Kalbsrouladen«, rief er, als ich in die Küche kam.
Andere Kinder haben, wenn sie von der Schule heimkommen, Mütter in der Küche: dumme, unterdrückte Vogelscheuchen, die »Hallo, Schätzchen! Wie geht's?« oder so was Ähnliches sagen. Ich habe einen lieben, aber ein bißchen übergeschnappten Vater, der mich mit »Kalbsrouladen« begrüßt. Gestern war's »Wienerschnitzel«. Am Dienstag war's »Apfeltaschen«. Das war ein guter Tag.
»Hallo, Dad! Was ist da drin?«
»Oh, Käse, Sherry, Fleischbrühe...«
»Kann ich bloß 'ne Pizza haben?«
Einen Augenblick lang sah mein Vater am Boden zerstört aus. Dann grinste er. »Du machst Witze. Dir ist doch klar, daß du den ganzen Tag nach Kalbsrouladen schmachtend in der Schule gesessen hast. Ich bin wahrscheinlich nur deshalb auf die Idee gekommen. Ich hab' eben dein unwillkürliches Verlangen danach gespürt.« Ich kramte im Kühlschrank und fand schließlich eine Orange. »Iß aber vorher nichts!« fügte er hinzu. »Du verdirbst dir sonst den Appetit.«
»Eine Orange wird mir schon den Appetit nicht verderben. Du hast wohl deshalb nichts Anständiges im Haus. Ich hab' dich durchschaut«, sagte ich, während ich die Küche verließ.

»Hunger ist der beste Koch.«
Ich ging in mein Zimmer hinauf und warf die Bücher auf den Schreibtisch. Dann ließ ich mich aufs Bett plumpsen und starrte auf den Riß in meiner Zimmerdecke. Ich weiß, es ist verrückt, aber ich liebe diesen Riß in der Decke. Er ist eines der wenigen Dinge, die mir am Leben in einem Viktorianischen Haus gefallen. Der Riß und die Badewanne auf Füßen. Alles übrige ist so... alt. Aber meine Eltern sind versessen darauf. Mom ist Antiquitätenhändlerin, und unser Haus ist voll von Prachtstücken, die zu phantastisch sind, um verkauft zu werden (meint Mom). Allen anderen Leuten scheint unser Haus allerdings auch zu gefallen, muß ich zugeben. Im vergangenen Jahr überredete uns der Haus-und-Garten-Verein zu einem »Tag der offenen Tür«, und die Lokalzeitung brachte seinerzeit, als wir es renoviert hatten und hier einzogen, sogar einen Bericht darüber. Ich war damals noch sehr klein und erinnere mich nicht mehr so genau daran. Für mich war es immer nur ein hellgelbes Pfefferkuchenhaus mit Unmengen weißem Zuckerguß an Türen und Fenstern und überall Rundungen und Schnörkel. Ich mag Dinge, die glatt und modern sind. Aber das Haus ist charmant, und meine alten Herrschaften fliegen beide auf Charme.
Wie sind sie nur zu mir als Tochter Nummer drei gekommen? Meine Schwester Olivia hat Charme. Sie geht nicht mehr zur Schule und hat jetzt ihre eigene Wohnung in der Stadt. Gwendolyn hat Charme. Sie studiert im ersten Semester in Wellesley (außer Charme hat sie auch den klügsten Kopf in der Familie). Dann komme ich, Rowena, das Nichts. Und schließlich Daphne, die Niedliche. Wenn man erst acht Jahre alt ist, bedeutet niedlich genausoviel wie charmant. Daphne kann manchmal ein Biest sein, aber als jüngste ist sie eben das Baby und immer noch niedlich. Sie wird mit fünfundvierzig noch niedlich sein. Unsere Vornamen verraten, daß meine Mutter längst vergange-

nen Zeiten nachhängt. Sie wäre wirklich im England des sechzehnten Jahrhunderts viel glücklicher gewesen. Vermutlich sollte ich froh sein, daß wir nicht in einem Schloß mit Graben und Zugbrücke wohnen.

Ich wälzte mich herum und starrte den altmodischen Fußboden aus breiten Dielenbrettern an, und ich fragte mich, wann es endlich soweit sein wird: Wann werde ich hübsch sein und zu den Jungs genau das Richtige sagen; wann werde ich Rundungen an den richtigen Stellen haben und in Kleidern gut aussehen; wann werde ich etwas tun, was nicht irgend jemand in der Familie bereits getan hat, und besser getan hat?

Ich schaute auf die schäbigen Möbel in meinem schäbigen Zimmer und hätte heulen mögen. Alles in meinem Zimmer war mindestens eine Million Jahre alt! Warum merkten sie nicht, daß ich nicht in einem Museum leben wollte? Wenn ich könnte, wie ich wollte, hätte ich alles ganz in Weiß und sehr, sehr modern, wie in diesen Werbeanzeigen von Bloomingdale. Mit großen, leuchtend bunten Zierkissen auf dem Boden, und ich würde daliegen, auf einen Ellenbogen gestützt (auf einen satinbedeckten Ellenbogen), würde sehr schön sein und etwas Exotisches trinken. Widerstrebend riß ich mich von meinem Traumbild los und griff einem plötzlichen Einfall folgend nach einem Blatt Papier. Ich lehnte mich an zwei Kissen und begann, an Trudy Potts zu schreiben.

Alle Jugendlichen lesen Trudys Briefkasten in unserer Lokalzeitung. Manchmal, wenn ich mich wirklich langweile oder völlig erledigt fühle, setze ich nur zum Spaß einen Brief auf, in dem ich Trudy Potts meinen ganzen Kummer erzähle. Hin und wieder ist es echter Kummer, wie damals vor einem Jahr, als meine Mutter den Zettel fand, den ich Beth in der Mathestunde geschrieben hatte. Es war bloß eine belanglose Bemerkung über den Jungen, der Beth gefiel, aber die Sprache war eben... Nun ja, wie ich schon sagte, meine Mutter ist ziemlich altmodisch. Ich bekam eine Woche lang Hausarrest. Daraufhin gewöhnte ich mir übrigens an, Verschiedenes in der Toilette hinunterzuspülen. Sogar meine Mutter würde nicht so weit gehen, mir nachzuspionieren. Manchmal schreibe ich Trudy Potts allerdings auch etwas, das ich mir nur ausgedacht habe. Einmal schrieb ich ihr, ein berühmter Fernsehstar hätte Hillsdale besucht und völlig den Kopf verloren. Er mußte mich unbedingt haben. Und nun saß ich da, mit seinem Kind. Der Brief war wirklich super. Das war einer von denen, die ich mir in den Mund stopfte, bis ich ins Badezimmer kam, wo ich ihn gefahrlos verschwinden lassen konnte. Jetzt schrieb ich:

Liebe Trudy Potts,
ich bin ein vollkommen normales vierzehnjähriges Mädchen. Oder wenigstens glaubte ich das, bis ich einen Test in einer gängigen Frauenzeitschrift machte. Miss Potts, glauben Sie, daß sieben Punkte abnormal sind? Stimmt mit mir etwas nicht? Noch was: Glauben Sie, Carla Morgan kann ihre Abschlußprüfung schaffen, wenn sie es bis zum letzten Schuljahr noch auf vierzig Punkte bringt? Ich meine, wann hat sie Zeit für ihre Hausaufgaben?
Ungeduldig in Hillsdale

Ich seufzte tief und anhaltend, zerriß den Brief und tat das Übliche. Als ich in mein Zimmer zurückkam, drehte ich das Radio auf volle Lautstärke und ging daran, mir erfreuliche Gedanken zu machen. Ich mußte aufhören, so kindisch zu sein. Hatte ich eben die Garage noch nicht verlassen, na und? Es konnte jeden Tag soweit sein. Losschnellen konnte ich, die Autobahn des Lebens entlangschnurren, vorbeizischen an allen Carla Morgans der Welt, die da dahintuckern auf ihren alten, abgetakelten zweiunddreißig Punkten...

»Meine Eltern fahren uns hin, wenn deine uns abholen«, sagte Kate, als wir aus dem Schulbus stiegen. Sie sprach von der zweiten Schuldisko des Herbsttrimesters, die an diesem Abend stattfand. Unsere Eltern teilten sich wie üblich die Fahrerei, aber ich war alles andere als begeistert.

»Oh, deine Leute erwischen immer die frühe Tour«, schnaubte ich. »Warum fahren sie uns denn nie nach Hause?«

»Ent-schul-di-ge!« sagte Kate. »Was ist denn heute mit dir los?«

»Nichts«, gab ich lahm zurück. Ich konnte Kate schließlich nicht erzählen, daß ich mich immer noch über den dummen Test ärgerte. Ich konnte mit Kate nicht mehr so reden wie früher. Sie gehörte jetzt zu *denen* — zu den Mädchen, die wie achtzehn aussahen, und denen alle Jungs nachliefen. Für mich gab es zwei Sorten Mädchen: die Bonnie Sue Detweilers und die Rowena Swifts. Die Bonnie Sue verstanden es, sich so zu geben, daß die Jungs sie mochten. Sie brauchten nicht einmal so hübsch wie Kate zu sein oder eine tolle Figur oder wer weiß was zu haben. Sie verstanden es einfach. Es war etwas, das in ihnen drinsteckte, wie musikalisches Gehör. Die von meiner Sorte... nun, sagen wir, die haben eben einen Gehörschaden. Seit Kate eine Bonnie Sue war, und ich nicht, tat das weh. Ich hatte das Gefühl, wenn wir gemeinsam irgendwohin kamen, sahen uns die Leute sofort als *Pat und Patachon* oder als *Die Schöne und das Tier* an. Das war recht traurig. Als wir neun oder zehn Jahre alt waren, vertrugen wir uns blendend.

»Also bis acht«, sagte ich, winkte ihr zu und ging den Weg zu unserer Haustür hinauf.

Vor der ersten Disko, im vergangenen Monat, hatte ich zwei Stunden damit verbracht, mich zurechtzumachen, dann schwebte ich aus dem Haus, und meine Hoffnungen blähten sich wie Segel im Wind. Als Schiffbrüchige kam ich zurück. Der einzige Mensch, der mich zum Tanzen aufgefordert hatte, war Nancy Henderson. Ich war fest entschlossen, mir diesmal keine Hoffnungen zu machen. Ich schlich an meinen Kleiderschrank und versuchte, etwas zum Anziehen zu finden. Mein gelber Rollkragenpullover war mein Lieblingspulli, aber er war vorn mit Spaghettisoße bekleckert. Meine karierte Bluse lag als Knäuel zusammengerollt am Boden und... Oh, warum soll ich euch mit Einzelheiten langweilen? Alles, was ich besaß, sah an mir gräßlich aus, und an diesem düsteren Freitagnachmittag war auch alles schmutzig. Ich meine, noch schmutziger als sonst.

Ich sammelte einen Armvoll Kleider vom Schrankboden auf, tat ein paar Sachen aus meinen Schubladen dazu und überprüfte sogar den Bestand für Notfälle, den ich unterm Bett aufbewahrte. Damit ging ich in die Waschküche hinunter und warf alles in die Waschmaschine. Abrakadabra! Eine halbe Stunde später würde etwas Todschickes herauskommen, damit Aschenputtel hurtig zum Ball eilen könnte.

Aber dem war nicht so. Statt dessen entschied ich mich, schließlich doch meinen gelben Pulli anzuziehen. Er mußte von Hand gewaschen werden, aber ich wusch nur den Spaghettisoßenfleck heraus und drückte ihn in einem Handtuch aus. Aber wie gewöhnlich, wenn man nur eine bestimmte Stelle waschen will, wurde doch das ganze Ding naß. Die Nachtluft würde es schon an meinem Körper trocknen, dachte ich. Ich fegte an meiner Mutter vorüber, als ich die Tür ansteuerte.

»Auf Wiedersehen, Ma«, rief ich. »Hol uns um elf ab!«

»In Ordnung, Liebling. Unterhalt dich gut!« antwortete sie und tätschelte meinen Arm. Dann schaute sie mich merkwürdig an. »Rowena, ist dein Ärmel feucht?« fragte sie.

»Nein... Mom, sei nicht albern, bis später!« Ich flitzte zum Auto der Olivers. Ich kletterte nach hinten und setzte mich neben Kate.
»Warum zitterst du?« fragte sie.
»Es ist... kälter, als ich dachte«, erklärte ich. »Ich hätte eine Jacke anziehen sollen.« In der Dunkelheit des Autos blinzelte ich, um zu sehen, wieviel Make-up Kate trug. In der letzten Zeit hatte sie ein bißchen übertrieben, mit dreierlei Lidschatten für die Turnstunde. Aber als wir vor der High School aus dem Wagen stiegen, stellte ich im Schein der Straßenbeleuchtung verzweifelt fest, daß sie von allem genau die richtige Menge aufgetragen hatte. Kaum waren wir in der Turnhalle, sah ich mich suchend nach Beth um, und aus den Augenwinkeln heraus konnte ich beobachten, daß Kate nach Marge und Gina Ausschau hielt. Wir fahren zwar immer noch miteinander, weil wir nebeneinander wohnen, aber es verstand sich von selbst, daß wir uns trennten, sobald wir die Turnhalle erreichten. Leider waren Marge und Gina bereits da, und Kate schwirrte sofort zu ihnen hinüber. Ich konnte Beth nirgends sehen. Dabei hatte sie fest versprochen, früh zu kommen.
Nancy Henderson steuerte auf mich zu. Sie mißt fast zwei Meter. Vielleicht sollte ich mich gern in ihrer Nähe aufhalten, weil ich mir neben ihr fast klein vorkomme, aber wenn wir beide nebeneinanderstehen, habe ich immer so ein Gefühl, als befänden wir uns in einer Schaubude: »Treten Sie näher, meine Damen und Herren, hier sehen Sie die Giraffenmutter und das Giraffenbaby...« Ich wunderte mich, warum sich Nancy bei einer Tanzveranstaltung überhaupt blicken ließ. Für mich mochte es ja noch eine gewisse Hoffnung geben, aber Nancy bewegte sich Auge in Auge mit den Basketballkörben.
»Ich konnte den heutigen Abend kaum abwarten«, sagte sie atemlos. Ich sah sie an und wußte, daß ich die Stirn runzelte und daß das Falten verursacht, aber ich konnte nicht anders.

»Tatsächlich?« fragte ich ungläubig.
»Ich tanze einfach gern. Du nicht?«
»Uh, doch«, stimmte ich zu. Jemand tippte mir auf den Arm, und ich drehte mich um. Beth stand da und rang nach Luft.
»Tut mir leid, daß ich so spät dran bin. Wir mußten erst meinen Bruder bei Kenny Norton absetzen, und weißt du, wo die wohnen? Oben auf dem Hügel. Ich hab geglaubt, wir kommen erst übermorgen hier an.« Die Musik hatte eingesetzt, und es war kaum zu hören, was sie sagte, aber ich war so erleichtert, sie zu sehen, daß es mir nichts ausmachte.
Müßte ich ein einziges Eigenschaftswort herausgreifen, um Beth zu beschreiben, wißt ihr, welches das wäre? »Ordentlich!« Ist das nicht großartig? Damit will ich sagen, daß man selbst mich noch *interessant* nennen könnte. Nicht, daß sie nicht attraktiv wäre. Das schon, aber nicht in der Art wie Kate, falls ihr wißt, was ich meine. Beth ist mittelgroß, hat dunkles, kurzes Haar, grüne Augen und... Nun, sie sieht ein bißchen wie eine Reklamefigur für Frühstücksmüsli aus. Ich fühle mich wohl in der Nähe von Beth, und ich glaube, sie fühlt sich in meiner Nähe wohl. Wir brauchen uns nie etwas vorzulügen, etwa darüber, wo wir am Abend von Billy Jacksons Geburtstagsparty waren. Keine von uns war eingeladen, also sahen wir gemeinsam fern und rösteten an die fünfzig Pfund Popcorn.
Als der Tanz andauerte, spürte ich, wie es geschah: wie sich meine Segel wieder einmal im Wind blähten. Heraus aus der Menge würde *er* treten: groß, lächelnd, intelligent, groß, klug, beliebt, groß...
Heraus aus der Menge kamen indes Jimmy Dennison und Richie Muller. Sie sind die größten Flaschen der ganzen Schule. Nieten, alle beide. Jimmy ist winzig wie ein Gartenzwerg, und Richie riecht aus dem Mund und hat hunderttausend Pickel. Sie kamen direkt auf uns zu, und ehe ich wußte, was geschah, tanzten Beth und Jimmy schon miteinander. Oh, Gott,

wieso lockte ich gerade die beiden an? Aber darüber brauchte ich mir keine Sorgen zu machen. Richie stand bloß da, direkt vor meiner Nase und wackelte im Rhythmus der Musik hin und her. Verschmäht — von Pickel-Richie! Was nun geschah, spürte ich genau: Meine Schultern sanken herab, meine Arme verschränkten sich über einem sich plötzlich nach vorn wölbenden Magen. Meine Segel sackten zusammen. Absolute Flaute. Ich stand da wie Piksieben. Sieben! Die verhängnisvolle Sieben schien mir aus dem Kopf zu wachsen — riesenhaft, leuchtend orange und für jedermann in der Hillsdale High School weithin sichtbar.

»Schon von dem neuen Englischlehrer gehört, den sie gekriegt haben?« Richie redete! Stumm war er also nicht.

»Uh, nein. Haben sie denn einen gekriegt?« Mr. Reynolds war vor drei Wochen plötzlich aus dem Dienst ausgeschieden, und wir hatten seither nur Vertretungen.

»Jaja. Irgendein Spinner aus Kansas. Schreibt Gedichte. Ojeoje!«

»Woher weißt du das? Ist er jetzt hier?«

»Nee. Jimmys Mom arbeitet doch im Schulamt. Er kommt am Montag. Das hat uns grad noch gefehlt. Ojeoje!«

Ich stand da, mit einem Plastiklächeln im Gesicht. »Ich bin noch zu haben«, sollte es verkünden. »Eine fröhliche, glückliche Riesin...« Ich versuchte mir vorzustellen, wie Mrs. Dennison diese faszinierende Biographie des neuen Englischlehrers herausgefunden haben mochte.

»Ich bin ein Gedichte schreibender Spinner aus Kansas...«, würde das wirklich jemand in eine Bewerbung hineinschreiben? Aus den Augenwinkeln heraus sah ich zu Richie hinüber. Oh, Gott, hätte ich ihm gern gesagt: »Richie, bete, daß du morgen früh als Spinner aufwachst. Es wäre die reinste Veredelung!«

Die Musik hatte aufgehört. Beth kam angehüpft, mit Jimmy

auf den Fersen. Sie sah erregt und hingerissen aus wie jemand, der gerade eine zwanzig Pfund schwere Forelle an Land gezogen hat.
»Warum habt ihr nicht getanzt?« fragte sie.
Ist das denn zu fassen? Das fragte sie wirklich!
»Weil Pickel-Richie mich nicht aufgefordert hat!« hätte ich sie gern angebrüllt. Statt dessen sagte ich nur: »Willst du 'ne Cola holen gehen?«
»Weiß nicht«, antwortete sie und zuckte mit den Schultern, als hätte ich ihr soeben einen abwegigen, unerhörten Antrag gemacht. Offensichtlich war sie am Boden festgenagelt, solange Jimmy Dennison nicht mitkam. Womit manche Mädchen sich zufriedengeben, bringt mich schier um!
Plötzlich wurde ich wütend. Ich erklärte: »Also, ich komm um vor Durst. Bis später!« Und ich steuerte die Snackbar an. Aber auf halbem Weg dahin entdeckte ich Kate mit Ronnie Peters, Marge mit Dick Kelly und Gina mit Jeff Nealon. Ich bog jäh nach rechts ab und flitzte in den Waschraum. Warum verbringe ich bei einer Tanzveranstaltung nur die meiste Zeit im Klo? Ich legte gerade eine neue Schicht Lidschatten *Grauer Nebel* auf, als Beth hereinkam. Der Raum war überfüllt, aber sie zwängte sich zu mir durch.
»Du brauchtest nicht gleich so bös wegzurennen. Ich konnte doch Jim nicht einfach so stehenlassen.«
»Jim? Da war ich schon bei was Besserem zum Babysitten.«
»Ach, komm, Row, sei nicht eifersüchtig!«
»Eifersüchtig? Du machst wohl Witze?«
»Er hat mich eingeladen, morgen mit ihm zum Football-Match zu gehen.« Mir sank das Herz in die Hose. Ich versuchte, Beths Spiegelbild auszuweichen, während ich mir noch mehr Zeug auf die Augen schmierte. Mein rechtes Lid sah allmählich wie ein gestrandeter Wal aus. Beth war eingeladen worden! Das war tödlich... tödlich...

»Geh nur!« sagte ich gönnerhaft. »Ich wollte dir sowieso grad sagen, daß ich morgen nicht kommen kann.«
»Ganz bestimmt nicht?« fragte Beth. »Vielleicht könnte Jim einen Freund für dich mitbringen.«
Einen Freund? Ich hätte gern geschrien: »Behalt dein Mitleid, Beth Reardon! Ich hab Jims Freund gesehen. Es ist Pickel-Richie, und der hat mich bereits verschmäht!«
»Nein, danke«, entgegnete ich ruhig. Innerlich fühlte ich mich wie in dieser Filmszene, in der die *Titanic* untergeht und dabei noch in den Wellen explodiert. Das war ich. Ich sank und explodierte gleichzeitig.
Um fünfzehn Minuten nach zehn forderte mich Nancy Henderson, die inzwischen mit allem außer einem Hockeyschläger rumgehüpft war, zum Tanzen auf. Ich lehnte ab. Vielleicht war ich ja ein bißchen übergeschnappt, aber es tat mir gut, jemandem einen Korb zu geben. Ich traf Kate um fünf vor elf draußen, und wir warteten in der kühlen Nachtluft auf meine Mutter.
»Hat's dir Spaß gemacht?« fragte sie. Sogar im Halbdunkel, meterweit von der nächsten Straßenlampe entfernt, konnte ich sehen, daß sie wie ein neuer Penny strahlte.
»Oh ja«, hauchte ich.
»Von einigen der Jungs kriegt man zuviel, nicht wahr?« seufzte sie. »Ich bin völlig erschöpft. Sie gönnen einem keine Pause. Tun dir die Beine nicht entsetzlich weh?«
Vielleicht ist es sehr vernünftig, daß nicht jeder Waffen besitzen darf, dachte ich. Denn wenn ich eine Kanone in die Finger bekommen hätte, wäre es auf der Stelle um Kate geschehen gewesen, direkt vor der High School. »Na klar«, stöhnte ich. »Sicher tun mir die Beine auch weh.«
Nur waren meine vom stundenlangen Stehen wund. Und Kate Oliver war ja dabei. Sie mußte es also wissen.
Während wir durch die Nacht nach Hause fuhren, versank ich

auf dem Rücksitz des Autos tiefer und tiefer in Trübsal. Wenn meine Rechnung stimmte — und ich wußte, daß sie stimmte — war ich das letzte Mädchen in meiner Klasse, das noch keine Verabredung hatte. Das absolut letzte.
Nancy Henderson zählte nicht.

3

Es regnete fast das ganze Wochenende, was zu meiner Stimmung paßte. Die Sonne kam am Samstag gerade lange genug heraus, daß das Football-Match stattfinden konnte. Beth rief mich um halb sechs an. »Wir haben beinahe gewonnen!« schrie sie mir ins Ohr. »Es war toll!«
Dazu muß ich erklären, daß »beinahe zu gewinnen« für die Football-Mannschaft der Hillsdale High School eine größere Leistung ist. »Großartig«, gratulierte ich und versuchte dabei ehrlich, eine gewisse Begeisterung anklingen zu lassen.
»Du hättest unbedingt mitkommen sollen«, fuhr sie fort, und das mit solcher Wehmut in der Stimme, als ob meine Abwesenheit die ganze Mannschaft in Trauer versenkt hätte.
»Tja, nun, ich hatte zuviel zu tun... du weißt ja...«, preßte ich zwischen zusammengebissenen Zähnen hervor. Ich hätte unbedingt mitkommen sollen! Und dann allein auf der Zuschauerbank hocken, wie eine Aussätzige?
»Die ganze Clique ist nachher noch zu Pete's gegangen. Alle waren da — Bill Dolan, Joe Hynes, Steve Weston...« Das überlebte ich nicht. »Die Clique«, von der Beth sprach, war ausnahmslos aus der Oberstufe. Auf einmal war sie der Vamp von Hillsdale.

»Hör mal, ich muß jetzt weg«, stammelte ich. Es stimmte. Ich mußte wirklich weg. Ins Badezimmer, um mich zu übergeben. Es war beinahe eine Erleichterung, am Montag wieder in die Schule zu gehen. Meine erste Stunde war Englisch, und als wir auf dem Weg ins Klassenzimmer waren, fiel mir ein, daß dies der Tag war, an dem der Spinner aus Kansas anfangen sollte. Ich stellte mir so ein knorriges Wesen aus Oz* vor, mit einem Federkiel in der Hand.

Es war recht angenehm gewesen, nachdem Mr. Reynolds gegangen war, weil Vertretungslehrer nie viel Hausaufgaben geben. Hoffentlich fing dieser Verrückte nicht gleich an, dick aufzutragen, um das wettzumachen. Ein ganzer Schwarm von Schülern ging mit Beth und mir zusammen hinein, so daß ich, während wir versuchten, zwei Plätze nebeneinander in der letzten Reihe zu kriegen, nur flüchtig eine über das Pult gebeugte Gestalt zu sehen bekam. Ich plumpste gerade auf meinen Sitz, als es klingelte und sich jeder auf seinem Stuhl niederließ. Der neue Lehrer schob noch etwa zehn Sekunden lang auf seinem Pult Papiere hin und her, dann richtete er sich auf, sah uns an und lächelte.

Es war, als begegnete ich einem Gott. Ich saß wie gelähmt da und sog einen Moment lang seinen Anblick in mich auf. Er war alt, das muß ich ja zugeben — vielleicht achtundzwanzig oder neunundzwanzig — aber bemerkenswert gut erhalten, mit braunem, gelocktem Haar und Gesichtszügen, die in romantischen Geschichten als »gemeißelt« bezeichnet werden. Er hatte das unglaublichste Lächeln, das ich je außerhalb einer Zahnpastawerbung gesehen hatte, und reihenweise absolut makellose Zähne. Und das Beste von allem: er war groß, ungefähr einsfünfundachtzig. Ich weiß, daß ich irgendwie auf

---

* Märchenland mit abenteuerlich phantastischen Figuren, das der amerikanische Autor Lyman Frank Baum (1856—1919) in zahlreichen Büchern beschrieben hat.

der Körpergröße der Leute herumreite, aber das kommt davon, wenn man in einem Jahr fünf Zoll wächst.

»Sicher wißt ihr inzwischen, daß ich euer neuer Englischlehrer bin«, sagte er. »Ich heiße Alan Phillips.« Lächeln. »Ich komme aus Kansas.« Lächeln. »Ich mache meine Doktorarbeit an eurer Universität, und ich betrachte euch alle — als Herausforderung.« Lächeln.

»Zuerst«, so fuhr er fort, »sollte ich euch vermutlich verraten, daß ich meinen literarischen Urtrieb gern mit meinen Schülern teile. Falls ihr euch fragt, was das ist, ich spreche von Lyrik.«

Leises Stöhnen durchzog das Klassenzimmer, und ich wäre am liebsten gestorben. Gebt ihm doch eine Chance! »Ich sehe schon, wir haben einige Lyrikliebhaber in der Klasse«, sagte er — lächelnd. »Wie viele Leute lesen hier Gedichte?« Es war, als hätten alle gebrochene Arme. Falls es in der Klasse jemand gab, der wirklich gern Gedichte las, wollte er oder sie es offensichtlich jetzt nicht zugeben.

»Nun, vielleicht können wir das ändern«, sagte er. »Wie könnt ihr denn über etwas, von dem ihr nichts wißt, so entschiedene Ansichten haben? Ihr kommt mir vor wie jene Leute, die behaupten, sie verabscheuten Pizza. Fragt man sie dann: ›Schon mal 'ne Pizza probiert?‹, sagen sie ›Nein‹. Wie können sie sie also verabscheuen?«

In dieser Weise redete er weiter, während alle Jungen kicherten, auf ihren Sitzen herumrutschten und nicht einmal so taten, als hörten sie zu. Alle Mädchen dagegen saßen, wie ich, voll gespannter Aufmerksamkeit da, so als hätten sie eine Vision. Alle außer Beth. Ich schaute zu ihr hinüber. Sie kritzelte unentwegt JIM über ihre ganze Heftseite. »Siehst du *ihn* denn nicht?« hätte ich sie am liebsten angebrüllt. Dann kam er auf John Donne und Yeats und eine Menge anderer *toter* Leute, die anscheinend schon zu ihren Lebzeiten nicht besonders lustig gewesen waren, zu sprechen. Die Stunde ging zu schnell zu

Ende, und nur mit einem sehnsüchtigen Blick zurück ließ ich mich von der Menge aus dem Klassenzimmer hinausschieben, dem Matheunterricht entgegen.
»Na, ist der nicht was?« trällerte ich, als Beth und ich auf dem Gang draußen waren.
»Er ist okay, glaub' ich, für einen älteren Mann...«
»Ich weiß ja, daß er kein Jim Dennison ist«, erklärte ich mit hohntriefender Stimme. »Was meinst du denn mit ›okay‹?«
Da begegnete uns Kate auf ihrem Weg in die Englischstunde.
»Wie ist der neue Lehrer?« fragte sie atemlos. »Gina sagt, er ist'n toller Hecht.« Ich konnte mich nicht beherrschen.
»Er ist absolut Spitze!« platzte ich heraus.
Beth schaute äußerst gelangweilt drein. »Komm schon«, drängte sie, »wir kommen in Mathe zu spät.«
In den nächsten Wochen lebte ich nur für die Vormittage, an denen ich Englisch hatte. Ich versuchte tatsächlich, Lyrik zu mögen, aber es war nicht leicht. Die Lyrik, die Mr. Phillips gefällt, reimt sich nicht, und ich mag Gedichte, die sich reimen. Er gab uns eine Menge zu schreiben auf, und ich bemühte mich, eine Art eigenen Stil zu entwickeln, bei dem er aufhorchen sollte. Ich stellte mir vor, wenn es mir gelänge, tiefgründige, seelenvolle Verse zu verfassen, würde er mich bitten, nach dem Unterricht dazubleiben, und er würde mit mir über die Bedeutung des Lebens und solche Dinge reden.
Eine ganze Woche lang arbeitete ich an einem Gedicht, das wir über den kommenden Winter und seine Auswirkung auf unser Leben schreiben sollten. Zuerst fiel mir nicht mehr ein als Schnee und Schlittenfahren und Eislaufen und Skifahren. Dann dachte ich ein bißchen angestrengter nach und kam auf die Ferien, aufs Einkaufen und darauf, daß ich mit meiner Mutter streite, ob ich eine Mütze aufsetzen muß oder nicht. Irgendwie wußte ich zwar, daß ihm etwas anderes vorschwebte, aber das war das Beste, was ich zustande brachte:

Winter, Winter,
Schnee und Eis,
Kalt und windig,
Alles weiß!

Graupeln und Regen.
Es fröstelt mich.
Winter, Winter,
Ich hasse dich!

Ich las es immer wieder und hoffte dabei, zwischen den Zeilen irgendeine verborgene, tiefsinnige Bedeutung zu entdecken, denn ich wußte, daß es das war, wonach er suchen würde. Er fragte nämlich immer: »Aber was hat der Dichter damit gemeint?« Was ich gemeint hatte, schien ziemlich klar zu sein. Ich gab das Gedicht ab und wünschte mir, er würde Ehrlichkeit und Aufrichtigkeit hoch bewerten.
Es kam zurück, und als Kommentar hatte er darübergekritzelt: »Rowena, du kannst sicher tiefer graben, nicht wahr?« Offensichtlich war »Winter, Winter« (wie ich es höchst einfallsreich nannte!) kaum meine Eintrittskarte zu langen Gesprächen mit ihm in irgendeinem gemütlichen Café. Als er dieselbe Aufgabe noch einmal stellte, beschloß ich, »etwas tiefer zu graben«. Ich ließ einfach meine Gedanken ein bißchen wandern, was sie ohnehin die ganze Zeit tun, und das kam dabei heraus:

Eisige Finger kriechen
Hinunter an meiner Wand
Vernichten alles,
Hoffnung und Liebe und Freude.

Das kam dem Ganzen schon näher! Deprimierend und morbid, wie Edgar Allan Poe. Ich fühlte mich tatsächlich langsam in den Geist der Sache ein.

> *Gleich zerbrochenen Träumen,*
> *Die eingeäschert.*
> *In die rauhe, kalte Winterluft*
> *Entschwinden sie im Schlot.*
> *Alles ist tot.*

Über die letzte Zeile geriet ich ins Schwärmen. Sie klang so bedrohlich. Das gefiel mir. Bedroht... alles ist tot... Vielleicht würde ich schließlich noch eine Dichterin. Jedenfalls schrieb ich es in meiner schönsten Handschrift ab und übergab es ihm mit hoffnungsvollem Herzen. Es sollte wenigstens etwas mehr Aufmerksamkeit erwecken als das erste, das sich beim Wiederlesen ein bißchen wie eine Werbung für Alka Seltzer anhörte.

Ich zählte die Tage bis zum Montag, an dem er uns die Arbeiten zurückgeben würde. Während ich darauf wartete, daß er die Zettel verteilte, konnte ich mich nicht auf die banalen, alltäglichen Dinge konzentrieren, von denen er sprach. Ich begann mir auszumalen, wie wir lange Spaziergänge in den Grünanlagen der Schule machten und dabei über meine Zukunft redeten; wie überrascht er sein würde, bei einem so jungen Mädchen auf derartige Reife zu stoßen...

»Miss Swift? Wir sind heute morgen recht unaufmerksam, nicht wahr?« Mit einem Ruck kehrte ich in die Gegenwart zurück und spürte, daß mein Gesicht heiß wurde, was bedeutete, daß es rot anlief und daß ich mich wieder blamierte.

»Es tut mir leid, Mr. Phillips«, stammelte ich.

Dann lächelte er und sprach die magischen Worte, auf die ich so sehr gewartet hatte: »Rowena, ich möchte nachher mit dir reden. Kannst du einen Moment bleiben?«

Für den Rest der Stunde saß ich wie im Koma da und war nicht im mindesten überrascht darüber, daß er die Aufgaben zwar zurückgab, aber meine fehlte. Sie hatte ihn beeindruckt! Als es klingelte, zischte mir Beth zu: »Ich wart draußen. Beeil dich!« Dann stapften alle zur Tür hinaus, und plötzlich war das Klassenzimmer leer. Wir waren allein.

Zögernd schritt ich zu seinem Pult. Er sah zu mir auf und lächelte. »Rowena, du hast eine nette Art, Gedichte zu schreiben«, begann er. (Oh Freude! Oh Entzücken!) »Deine Arbeit hat mir sehr gut gefallen.« (Es war alles genau so, wie ich es mir vorgestellt hatte!) »Aber entspricht das deinen wahren Empfindungen?« Bei diesen Worten hob er mein Gedicht vom Pult auf. Ich hätte gern geantwortet:

»Mr. Phillips, Sie können nicht alles haben. Wenn Sie meine wahren Empfindungen wissen wollen, bekommen Sie ein Gedicht darüber, daß mir den ganzen Winter lang die Nase läuft und mir ständig die Papiertaschentücher ausgehen.« Statt dessen sagte ich: »In etwa, Mr. Phillips. Ich meine, mir gefiel der Klang der Worte...«

»Nun, das ist mal ein Anfang, Rowena«, meinte er — und lächelte. Er begann, auf die Tür zuzugehen. Ich folgte ihm. Ich trabte seitwärts und hielt den Kopf voller Bewunderung geneigt wie ein geistesgestörter Cockerspaniel. Als wir in den Flur hinauskamen, sah ich aus den Augenwinkeln heraus Beth stehen.

»Rowena, am nächsten Donnerstag ist ein Lyrikabend in Brentwood. Willst du nicht hingehen? Der Klub Junger Autoren fährt hin, und ich glaube, du könntest es ganz interessant finden«, schloß er und reichte mir mein Gedicht.

»Oh, das mach ich, Mr. Phillips. Bestimmt!« *Kaffee um zehn, in der Cafeteria? Natürlich werde ich dort sein, Alan!*

»Fein. Also dann, auf Wiedersehen. Ich möchte nicht, daß du zu spät in die nächste Stunde kommst.« Ein Lächeln, und er war gegangen.

Beth zerrte an meinem Ärmel. »Komm schon«, sagte sie und schleppte mich praktisch den Gang entlang. Vielleicht bildete

ich es mir nur ein, aber ich könnte schwören, daß mir in der Mathestunde alle Mädchen giftige Blicke zuwarfen. Es war wunderbar. Ich wollte schon immer mal zu den Frauen gehören, die von anderen gehaßt werden. Wenigstens manchmal.
An diesem Abend konnte ich mich einfach nicht auf meine Hausaufgaben konzentrieren. Ich mußte jemandem erzählen, was sich da anbahnte...

Liebe Trudy Potts,
er hat mich endlich bemerkt! Ich wußte, daß es nur eine Frage der Zeit war, aber ehrlich gesagt war ich das Warten allmählich leid. Sie wissen, wie ungeduldig ich bin! Er hat mich zu einem Lyrikabend eingeladen. Es werden noch eine Menge anderer Leute dort sein, aber ich glaube, das ist gut so, denn ich möchte nicht, daß sich die Dinge überstürzen, falls Sie verstehen, was ich meine. Ich weiß zwar, daß er ein klein wenig zu alt für mich ist, aber ich glaube, unsere Seelen sind vielleicht im gleichen Alter, und das würde die Sache vollkommen ändern, nicht wahr? Was soll ich machen, falls seine Annäherungsversuche zu offensichtlich werden? Ich möchte meine Englischnote nicht in Gefahr bringen — sie ist immer meine beste.
Erwachende Blüte in Hillsdale

»Lyrik? Seit wann magst denn du Lyrik?« fragte Beth ungläubig, als ich ihr von der Lesung erzählte.
»Irgendwie hab ich sie schon immer gemocht«, behauptete ich. »Und ich glaube, wir sind jetzt in einem Alter, in dem wir unseren Horizont erweitern sollten.«

»Es werden nur Schüler aus der Oberstufe dort sein. Und noch dazu nur solche, die einen Spleen haben. Ich glaube, du gehst nur hin, weil *er* es dir vorgeschlagen hat.«
Ich seufzte, um zu zeigen, wie aussichtslos es schien, sich mit jemandem unterhalten zu wollen, der so unreif war. »Nicht alle, die hingehen, sind aus der Oberstufe. Connie Bassett und Pat Gilbert...«
»Siehst du? Genau das meine ich. Das sind die zwei aus der neunten Klasse, die den größten Spleen haben!«
Dieses Gespräch versetzte mich nicht gerade in Jubelstimmung. Für den Donnerstag stellte ich meinen Wecker auf fünf Uhr dreißig, denn es dauert mindestens zwei Stunden, ein Wunder zu vollbringen. Ich hab' nämlich ein gestörtes Verhältnis zu Haartrocknern. Sie hassen mich. Ich kann stundenlang fönen und bekomme dafür nichts als trockene Haare und Krämpfe in den Armen. Keine Wellen, keine Strähnchen, die mir sexy in die Stirn hängen. Der Donnerstagmorgen war da keine Ausnahme. Schließlich ließ ich meine Haare Haare sein, legte etwas Rouge, Lidschatten *Grauer Nebel* und Lippenglanz *Tautröpfchen* auf, zog meine neuen Jeans und meine grünkarierte Lieblingsbluse an und trat einen Schritt zurück, um mich im Spiegel zu begutachten. Nichts. Ich knöpfte meine Bluse weiter auf, aber das half auch nicht. Wo nichts ist, ist eben nichts.
Der Tag schien ewig zu dauern, aber dann war der Unterricht doch zu Ende, und ich traf Connie und Pat auf dem Parkplatz, wo der Bus wartete. Brentwood liegt drei Städte von Hillsdale entfernt, und ich schwieg unterwegs, während Connie und Pat sich über jambische Pentameter ausließen. Beth hatte recht, die beiden hatten wirklich einen Spleen. Alan war im Bus, aber er kam erst im letzten Augenblick und setzte sich vorne neben Carmela van Druten, die wahrscheinlich das gescheiteste Mädchen an der ganzen Schule, obendrein Präsidentin des Klubs Junger Autoren und Redakteurin der Schülerzeitung war.

Das Sommertheater Brentwood war eine ehemalige, knarrende Scheune mit Türmchen dran und mit Sehschlitzen als Fenster. Drinnen hingen Spinnweben in den Ecken und abgeschabte Samtvorhänge an den Wänden, und über allem lag ein modriger Geruch. Meine Mutter wäre sicher begeistert gewesen. Da es als Lagerraum nicht mehr genutzt wurde, mieteten örtliche Vereine und Schulen das Gebäude für ihre Zusammenkünfte und für Ereignisse wie die

DRITTE JÄHRLICHE LESUNG AUS ORIGINALWERKEN VON STUDENTEN EINER WOHLBEKANNTEN OBERSCHULE IM KREIS PAULDING.

Die ersten beiden Jugendlichen, die ihre Gedichte lasen, waren Abiturienten von uns, die allgemein als glänzende Schüler bekannt waren, aber nur deshalb, weil vier Jahre lang keiner von ihnen je seine Nase aus einem Buch genommen hatte. Keine Bälle, keine Partys, keine Verabredungen. (Oh Gott, da fällt mir plötzlich ein, daß man genau dasselbe von mir auch behaupten könnte, nur daß ich dabei noch dumm sein würde!)
David Bullock las das erste Gedicht, und ich verstand kein Wort davon. Das von Cathy Wilson war etwas besser, denn es ging darin um Sommerhimmel und Regen, und langsam gefiel es mir tatsächlich, als urplötzlich menschliche Totenköpfe in den Regenpfützen auftauchten und es richtig widerlich wurde.
Als die nächsten Schüler an der Reihe waren, versuchte ich wirklich, mich zu konzentrieren, damit Alan und ich genügend Gesprächsstoff hätten über jenen Tassen Kaffee, die wir künftig miteinander trinken würden, aber die Gedichte waren genauso schlimm wie die vorherigen. Schrieb denn niemand fröhliche? Ich begann, in Gedanken zu dichten, um mir die Zeit zu vertreiben, weil ich allmählich einsah, daß es wohl kaum noch besser werden würde. Es war langweilig. Sonne...

Wonne... Nein, das war zu banal. Noch ein Lieblingswort!
Der Klang mancher Wörter gefällt mir wirklich...
Endlich wurde eine kurze Pause angekündigt. Dankbar stand ich auf, reckte mich und ging hinter Connie und Pat her, da sie die einzigen aus meinem Jahrgang waren. Ich wollte versuchen zu verstehen, worüber sie redeten, damit ich Alan beeindrucken konnte, falls sich die Gelegenheit dazu bot. Pat bemerkte, daß ich ihr an den Fersen klebte, und schielte einen Augenblick lang zu Connie hinüber. Sie zuckte mit den Schultern, und die beiden winkten mir, daß ich ihnen in den Waschraum folgen sollte. Angesichts des Zustandes, in dem sich das ganze Sommertheater Brentwood befand, kostete es mich einige Überwindung, den Waschraum aufzusuchen. Ich wurde auch nicht enttäuscht. Ich ging zu einem der pockennarbigen Spiegel hinüber und fing an, mir die Haare zu kämmen, aber er hatte in der Mitte einen großen Sprung von oben bis unten, so daß mein Spiegelbild wie ein Frauenporträt von Picasso aussah.
Plötzlich nahm ich einen ekelhaft süßlichen Geruch wahr, der das ganze Klo erfüllte. Ich drehte mich um. Hinter mir stand Connie und paffte munter einen Joint, als wäre sie soeben einer Mitternachts-Show im Fernsehen entsprungen. Ich war drauf und dran, völlig dämlich zu fragen: »Rauchst du Marihuana?«, als ich meine Worte gerade noch verschluckte. Vor diesen zwei Ausgeflippten wollte ich weder entsetzt noch erstaunt aussehen. Dann bot mir Connie einen Zug an, und ich schüttelte nur den Kopf. Sie stieß einen langen, ärgerlichen Seufzer aus. »Na, komm schon! Sei kein Feigling!«
Hatte ich richtig gehört? Connie Basset nannte mich einen Feigling? Das mag bisher vielleicht ein schwacher Punkt in meinem Leben gewesen sein... Aber in diesem Fall war es vielleicht das größte Kompliment. Ich entschuldigte mich und rannte zur Tür hinaus. Alan stand mit David Bullock neben dem Ausgang. Er lächelte, als er mich sah.

»Oh, Rowena, ich freue mich, daß du's geschafft hast«, begrüßte er mich mit einem überraschten Unterton in der Stimme. Bei seinem Lächeln hatte sich meine Seele in schwindelnde Höhen erhoben, doch sie landete augenblicklich wie ein Stein zu meinen Füßen. Also hatte er erst jetzt bemerkt, daß ich da war! Wenn ich bedenke, wieviel Mühe ich darauf verschwendet hatte, während der einzelnen Lesungen andächtig auszusehen!
»Wie gefällt es dir?« fragte er.
»Oh, Mr. Phillips, sie sind alle fabelhaft!« log ich.
»Wirklich? Das hör' ich gern. Welches hat dir denn am besten gefallen?«
»Uh...«, hauchte ich und versuchte, es bedeutsam klingen zu lassen, »ich glaube, das mit den menschlichen Regenpfützen.« Natürlich hatte mir das nicht am besten gefallen, aber es war das einzige, an das ich mich in diesem Augenblick erinnern konnte. Zu spät fiel mir ein, daß die menschlichen Regenpfützen nicht in David Bullocks Gedicht vorgekommen waren. Er sah ein wenig gekränkt aus, als er davonschlenderte.
Alan betrachtete mich mit eigentümlicher Miene. »Du hast wirklich eine Vorliebe für morbide Gedichte, nicht wahr, Rowena?«
»Ich persönlich fand den Symbolismus darin überzogen.« Die Stimme erklang hinter mir, aber ich brauchte mich nicht umzudrehen, um zu wissen, wer es war. Ich konnte Connie Bassett eine Meile weit riechen und fragte mich, ob Alan es auch roch. Ob er sich wohl darüber Gedanken machte? Vielleicht waren alle Dichter Kiffer. Anscheinend hatte sie seine Aufmerksamkeit errungen, denn sie unterhielten sich bedeutsam über Rhythmus und Syntax, während ich wie ein Versatzstück danebenstand.
Es war, als sähe ich einen meiner Lieblingsträume wahr werden, nur daß eine andere meine Rolle spielte. Ich entfernte mich.

Sie merkten wahrscheinlich nicht einmal, daß ich gegangen war. Der zweite Teil des Programms war sogar noch langweiliger als der erste. Ein Mädchen aus Ferndale las ein Gedicht über den Frühling, das sehr nett war, und ein Junge aus Renseville hatte ein lustiges über einen Moskito geschrieben, der die Welt regieren wollte, aber von da an ging's bergab. Ich spürte, wie ich sehr schläfrig wurde, und ich hätte mich ohrfeigen können, daß ich mich auf einen Platz in der ersten Reihe gesetzt hatte, um Alan zu zeigen, wie sehr ich mich dafür interessierte. Meine Lider wurden schwerer und schwerer. Mir fielen die Augen zu...

Ich spürte einen Ellenbogen in meinen Rippen. Es war Connie. »Mr. Phillips hat gesagt, ich soll dich aufwecken. Tut mir leid!« sagte sie kichernd.

Ich schüttelte mich wach und saß für den Rest der Veranstaltung kerzengerade. Als es endlich vorüber war, sagte Connie: »Du hast lustig ausgesehen, wie dir der Kopf immer tiefer gesunken ist.«

Ich wäre am liebsten unter die Sitze gekrochen, um von ihr wegzukommen, aber so leicht ließ sie mich nicht entwischen. »Aber ich glaube wirklich«, fuhr sie ernst fort, »Mr. Phillips hätte mich nicht gebeten, dich zu wecken, wenn du nicht zu schnarchen begonnen hättest.«

Das saß. Ich sah mich verzweifelt nach dem nächsten Ausgang um. Ich konnte ja nach Hillsdale zurücklaufen. Was waren schon vierzehn Meilen? Bis zum Mittagessen am Sonntag würde ich sicher zu Hause sein. Alles, bloß jetzt nicht mehr *ihm* begegnen! Ich entdeckte eine Tür, auf der AUSGANG stand, und steuerte sie an, als er plötzlich vor mir auftauchte. Auf einmal sah er aus, als wäre er mindestens zwei Meter groß. Mir wurde klar, daß ich mich nicht an ihm vorbeischleichen konnte, und ich war drauf und dran, umzukehren und mich in den Vorhängen zu ersticken, als er sagte:

»Kommt da nicht unser Rip van Winkle*?« Lächeln.
Vielleicht war das ja eine bissige Bemerkung von ihm, aber irgendwie kam es mir nicht so vor. Wie er es sagte, klang nett und freundlich, also vergaß ich die Vorhänge wieder. »Hier drinnen ist es sehr stickig, Rowena! Ich konnte mich selbst kaum wachhalten.«
Und dann tat er es! Er legte seinen Arm um mich, und wir gingen zusammen zum Bus. Na schön, zugegeben, nicht direkt *um* mich. Mehr auf meine Schulter. Und vielleicht auch nicht den ganzen Arm. Wohl eher nur zwei oder drei Finger. Aber ich weiß, wann es zwischen zwei Menschen knistert, und das zwischen uns war traumhaft. Und wir saßen auf der Heimfahrt nebeneinander. Obwohl Alan vorgab, einige Notizen zu studieren, die er gemacht hatte, verrieten mir die giftigen Blicke, die Carmela van Druten mir zuwarf, daß sie wußte, was ich wußte. Allmählich begann es!
An diesem Abend blieb ich fast bis Mitternacht auf und versuchte, Geschichte zu lernen. Für den nächsten Tag war ein Test angesetzt, und ich konnte absolut nichts im Gedächtnis behalten. Auf jedes Stückchen Papier, das mir zwischen die Finger kam, kritzelte ich »Alan« und »Rowena«, und schließlich schrieb ich sogar an meine Freundin:

Liebe Trudy Potts,
der heutige Tag war alles, was ich erträumt und erhofft hatte. Natürlich nicht die Lyrik-Lesung. Die war langweilig und irgendwie doof. Aber das war für Alan und mich die erste Gelegenheit, zusammen zu sein. Ich meine, wirklich zusammen, falls Sie wissen, was ich meine. Bitte, sagen Sie mir nicht, wir sollten damit Schluß machen. Ich weiß ja, daß ich wirklich zu jung für ihn bin, und ich weiß auch,

---

* *Erzählung* von *Washington Irving,* deren Titelheld zwanzig Jahre lang verzaubert in einer Höhle schläft.

daß wir weiterhin sehr vorsichtig sein müssen, weil er Lehrer ist. Aber es wiegt alle Risiken der Welt auf!
Endlich eine Frau

Ich starrte den Brief an, und die Wahrheit dessen, was ich geschrieben hatte, flößte mir ungewohntes Wohlbehagen ein. Aber es war ein anstrengender Tag gewesen, und ich konnte meine Augen kaum noch offen halten. Ich verschränkte die Arme über dem Blatt Papier und legte den Kopf darauf, nur für einen Augenblick...
»Rowena? Rowena, Liebling, warum gehst du nicht ins Bett?«
Mein Kopf schnellte hoch, und ich sah meine Mutter über mir. Schläfrig stand ich auf. In diesem Moment entdeckte ich, daß der Brief an Trudy Potts offen auf dem Tisch lag, wo meine Mutter ihn sehen konnte. Ich steckte ihn mit den übrigen Notizen ins Geschichtsbuch, schob den Stuhl zurück und streckte mich.
»Du hast recht, Mom. Ich bin halbtot.«
»Gute Nacht, Liebes«, sagte meine Mutter.
»Gute Nacht, Mom.«
Ich glaube, meine Mutter war noch keine drei Minuten aus dem Zimmer draußen, als ich im Nachthemd drinnen, unter der Decke und fest eingeschlafen war. Ich würde gern erzählen, daß ich wundervolle Träume von einem dunkeläugigen Englischlehrer mit einem wundervollen Lächeln hatte, aber da ich nun einmal ich war, hatte ich Alpträume von einem Geschichtslehrer, der mich, eine Machete schwingend, durch den Dschungel jagte.

Der Wecker klingelte am nächsten Morgen um die übliche Zeit, aber eine fremde, geisterhafte Hand tastete sich unter der Bettdecke hervor und stellte ihn ab. Das Nächste, was mir zum Bewußtsein kam, war mein Vater, der mich rüttelte und mahnte: »Row, du wirst noch den Schulbus verpassen!«

Es war einer dieser schrecklichen Morgen. Meine Haare hingen mir wie ein nasser Mop ums Gesicht, aber ich hatte kaum Zeit, sie zu bürsten, geschweige denn zu waschen. Ich warf mir die Kleider über, schnappte mir im Vorübergehen eine Bürste und etwas Lippenglanz, während ich zur Tür hastete, und schaffte es gerade noch den Hügel hinunter, als der Bus ächzend hielt und ein griesgrämiger Busfahrer für uns sieben, die an der Heathfield Road einstiegen, die Tür öffnete. Ich setzte mich neben Kate und klappte die Segeltuchtasche auf, in die ich alles hineingestopft hatte. Mit ein paar nutzlosen Bürstenstrichen bearbeitete ich meine Haare, und dann legte ich im schaukelnden Bus noch ein bißchen Lippenglanz auf, wobei ich das verschmierte Fenster als Spiegel benutzte.

»Wie war denn das Lyrik-Dingsda, bei dem du gestern warst?« fragte Kate.

»Toll!« entfuhr es mir, und es tat mir sofort leid. Ich wollte wirklich nicht, daß Kate dahinterkam, was ich für Alan empfand, aber es war zu spät.

Sie warf mir einen ungläubigen Blick zu. »Magst du Lyrik wirklich so sehr?« wollte sie wissen und grinste dabei über das ganze Gesicht. »Oder bist du nur in *ihn* so verknallt?«

Ich spürte, daß ich rot wurde. »Nein, natürlich nicht«, widersprach ich, wenig überzeugend.

»Du verheimlichst mir etwas, nicht wahr? Ich merke immer, wenn du etwas verheimlichst. Du guckst dann so ulkig.«
»Nein, das tu ich nicht«, erwiderte ich und ärgerte mich ein bißchen über Kates blasiertes Gehabe. Dann wechselte ich das Thema. »Warst du in der letzten Zeit mal in diesem Sommertheater? Das ist vielleicht ein mieser Schuppen!«
»Ist das nicht da, wo wir vor ein paar Jahren *South Pacific* gesehen haben?«
»Genau. Aber jetzt ist es ganz vergammelt. So wie es aussieht, sollten sie Horrorfilme dort drehen.«
»Wer war sonst noch da?« fragte sie.
»Pat Gilbert und Connie Bassett waren außer mir die einzigen aus der neunten«, berichtete ich.
»Oh, die Kifferinnen.«
»Du weißt das?«
»Sicher! Weiß das nicht jeder?«
»Ich wußte es nicht«, gestand ich, »bis gestern.« Warum, so fragte ich mich, stand ich anscheinend immer nur am Rande des Geschehens? Ich schaute immer nur von draußen zu. Nicht, daß ich mit den beiden etwas zu tun haben wollte, aber warum wußte ich nicht einmal was davon?
Der Bus bog in den Kiesweg der Schule ein, wir sprangen auf und stürzten uns in das übliche Gedränge an der Tür. Wir gingen gerade die Treppe hinauf, als Kate sich plötzlich mit einem verzweifelten Blick zu mir umdrehte. »Oh Gott, ich hab mein Geschichtsbuch vergessen, und wir schreiben heute morgen einen Test. Ich hab überhaupt nichts gelernt. Hast du?«
»Hmh? Och, na ja, ein bißchen. Aber ich war so müde, ich glaub nicht, daß mir etwas einfallen wird.«
»Ich werde sicher durchrasseln. Borg mir dein Buch, Row! Du brauchst es doch erst heute nachmittag. Bitte!« Und ehe ich ja, nein oder vielleicht sagen konnte, hatte sie aus dem Stapel, den

ich unterm Arm trug, das braune Buch herausgefischt und rannte den Gang entlang.

Als ich den Englischraum erreichte, merkte ich, daß neben mir jemand auftauchte und nach der Tür griff. Es war Gary Finch, der für mich die Tür aufhielt. Gary war seit der dritten Klasse in fast allen Fächern in meiner Gruppe. Er hat strohblonde Haare, trägt eine Brille, und bis vor kurzem konnte er kaum über den Ladentisch gucken. Aber er hält mir Türen auf. Das ist seine Art.

»Danke«, sagte ich und ging als erste hinein. Als ich neben ihm war, stellte ich fest, daß ich nicht mehr über ihn drüberschauen konnte. Gary war dabei, den Rest der Welt einzuholen. Beth hatte mir einen Platz freigehalten. Ich lehnte mich zurück und freute mich auf das, was sich so schnell von meinem bloßen Lieblingsfach zum einzigen Fach entwickelt hatte, aus dem ich mir überhaupt etwas machte.

»Guten Morgen«, sagte er lächelnd.

Ich blickte ihn an, und alle wohligen Gefühle vom Vortag wallten wieder in mir auf. Ich fragte mich, ob er es auch spürte. Bestimmt bildete ich mir das nicht nur ein. Was war das, was ich tags zuvor gefühlt hatte? *Es war alles, was ich erträumt und erhofft hatte... wir waren zusammen... wirklich zusammen... zum erstenmal...*

Einen schrecklichen Augenblick lang glaubte ich, ich würde mich übergeben, direkt hier in der vierten Bank, in der zweiten Reihe, im Zimmer 203. Der Brief an Trudy Potts... Ich hatte ihn in mein Geschichtsbuch gesteckt, nachdem meine Mutter mich aufgeweckt hatte, und jetzt hatte Kate das Buch! Wie konnte ich nur meinen einzigen unumstößlichen Grundsatz — belastende Dokumente sofort zu vernichten — brechen? Ich wußte wie... Ich war eingeschlafen! Ich versuchte, klar zu denken, aber es war sehr, sehr schwer. Ich mußte an das Buch herankommen. Wie konnte ich je wieder jemandem in die

Augen sehen, wenn Kate den Brief las? Sie würde mich für schwachsinnig halten. Die Stunde schien ewig zu dauern, aber barmherzigerweise klingelte es schließlich doch. Ich schnappte meine Bücher und bahnte mir schubsend und drängend einen Weg zur Tür.

»Heh, wart auf mich!« hörte ich Beth rufen, aber ich drehte mich nicht einmal um. Ich muß wie eine Irre ausgesehen haben, denn manche Kinder blieben stehen und ließen mich durch. Ich mußte Kate erwischen! Ich redete mir immer wieder ein, daß sie bestimmt noch keine Zeit dazu gehabt hatte, den Brief zu sehen. Als ich draußen war, rannte ich zur Treppe, dort blieb ich stehen. Welches Fach hatte Kate als nächstes? Natürlich, sie hatte direkt nach mir Englisch. Ich raste zurück zu Zimmer 203 und stellte mich vor der Tür auf. Kate war an ihrer blonden Mähne immer leicht zu erkennen, aber sie war nirgends in Sicht. Ich hatte ein flaues Gefühl in der Magengrube. Mir blieb nichts anderes übrig, als mich auf Gedeih und Verderb Kate auszuliefern, falls sie den Brief gelesen hatte. Ich mußte ihr unsere frühere Freundschaft ins Gedächtnis rufen, Erinnerungen heraufbeschwören an Stunden, die wir gemeinsam vorm Fernseher verbracht hatten, an all die Geburtstagspartys, all die Geheimnisse, die wir geteilt hatten... Geheimnisse! Wenn ich dieses eine mit ihr teilen mußte, wußte ich nicht, ob ich das überleben könnte.

Ich sah auf die Uhr: acht Uhr achtundfünfzig. Wenn ich jetzt nicht ging, kam ich in Mathe zu spät. Aber ich mußte Kate unbedingt das Buch abnehmen, falls es nicht ohnehin schon zu spät war. Endlich sah ich sie. Als sie mit Gina und Marge die Treppe heraufkam, suchte ich in ihrem Gesicht nach Anzeichen dafür, daß sie den Brief gelesen hatte. Ungläubigkeit? Entsetzen? Wildes Gelächter? Nichts.

»Hallo, Row! Willst du dein Geschichtsbuch jetzt?« fragte sie wie beiläufig.

Ich starrte sie entgeistert an. »Uff, ja! Na sicher will ich es.«
Sie betrachtete mich genau. »Geht's dir nicht gut? Du siehst so merkwürdig aus.«
»Ich? Oh doch, mir geht's prima. Hast du Gelegenheit gehabt, was zu lernen?« erkundigte ich mich und hielt den Atem an.
»Nein! Ich mach mir keinen Fleck ins Hemd. Ich lasse es drauf ankommen.«
In diesem Augenblick klingelte es. Sie reichte mir das Buch und schlenderte in die Klasse hinein, wobei sie wie üblich einen großen Auftritt inszenierte. *Sie hatte den Brief nicht gelesen!* Dieser Gedanke hüllte mich ein wie ein hübscher, großer, bequemer Sicherheitsmantel. Ich blätterte das Buch durch und fand das zusammengefaltete Blatt Papier dort, wo ich es hineingeschoben hatte: ziemlich weit hinten bei meinen Notizen. Mir wurde klar, daß Kate, selbst wenn sie es gesehen hätte, es bestimmt nur für irgendeine Hausaufgabe gehalten hätte. Ich mußte wirklich aufhören, mich wie geistesgestört zu benehmen! Dennoch machte ich auf meinem Weg in die Mathestunde kurz im Waschraum halt, entledigte mich sicherheitshalber des Briefes und gelobte: Keine Schreiberei mehr an Trudy Potts! Ich war noch einmal davongekommen. Das nächste Mal hatte ich vielleicht nicht so viel Glück.
Es waren noch keine vierundzwanzig Stunden vergangen, als ich das Gerücht zum erstenmal hörte. Ich hatte nach der Turnstunde meinen Kamm im Umkleideraum vergessen, deshalb huschte ich vor Geschichte hinunter, um ihn zu holen. Es war ziemlich ruhig, und ich glaubte zuerst, es wäre niemand drinnen, aber dann bog ich um die Ecke und sah Gina und ein neues Mädchen, das Amy hieß. Sie waren dabei, ihre Turnsachen anzuziehen, und hörten mich nicht kommen. Ich wollte gerade meinen Kamm nehmen und wieder gehen, als ich einen Teil ihrer Unterhaltung aufschnappte, stehenblieb und die Ohren spitzte, um mehr davon zu hören.

»Meinst du, es könnte stimmen?« fragte Amy ganz aufgeregt.
»Sicher«, sagte Gina.
»Aber ich weiß nicht, ein *Lehrer*. Was glaubst du denn, wer es ist?«
»Ich hab Robin geschworen, es noch nicht zu verraten«, erklärte Gina, »also laß dir nichts anmerken, wenn sie es erwähnt!«
»Ich glaub noch immer nicht, daß es wahr sein kann«, sagte Amy.
Gina schaute sie an und seufzte mitleidig. »Hat dir noch niemand von Bonnie Sue Detweiler erzählt?«
Als Bonnie Sue Detweiler genannt wurde, schlug ich praktisch im Zementboden des Umkleideraums Wurzeln. Mit einem Bulldozer hätte man mich nicht von der Stelle bewegen können. Aber warum unterhielten sie sich über Schnee von gestern? Da hörte ich sie die Türen ihrer Schließfächer zuklappen und in die Turnhalle laufen. Am liebsten hätte ich ihnen nachgerufen: »Ist es schon wieder passiert? Läuft eine neue Bonnie Sue herum, von der ich nichts weiß?« Aber natürlich tat ich es nicht. Schließlich wollte ich nicht beim Lauschen erwischt werden. Ich packte meinen Kamm und rannte zum Unterricht hinauf. In meinem Kopf schwirrten die Fragen durcheinander.
Beth verabschiedete sich auf dem Korridor wie üblich stundenlang von Jimmy, als ich den Geschichtssaal erreichte, deshalb ging ich hinein, belegte einen Platz und hielt neben mir einen für sie frei. Bei einem flüchtigen Blick über den Mittelgang merkte ich, daß Gary Finch mir zulächelte. Ich versuchte zurückzulächeln, aber statt dessen wandte ich den Blick ab und begann, mein Heft durchzublättern. Ich weiß nicht, warum ich mich Jungen gegenüber so verhalte.
Kaum daß der Unterricht begonnen hatte, schrieb ich Beth einen Zettel. »Hast du schon von der neuen Bonnie Sue Det-

weiler gehört?« Ich knüllte ihn zu einem Kügelchen zusammen, ließ ihn neben meiner Bank auf den Boden fallen und schob ihn dann ganz unauffällig mit dem Fuß zu Beth hinüber. Ich räusperte mich, denn das war unser vereinbartes Signal. Beth ließ ihren Füller fallen und bückte sich dann ganz lässig, um ihn aufzuheben, wobei sie gleichzeitig den Zettel auffischte. Wir würden ein ausgezeichnetes Spionageteam abgeben, denke ich.

Sobald Beth die Nachricht gelesen hatte, sah sie mich mit großen Augen an und schüttelte den Kopf. Wenigstens wußte ich nun, daß ich nicht die einzige war, die keine Ahnung hatte. Allerdings hatte sie sich inzwischen so heftig in Jimmy verliebt, daß sie es wahrscheinlich nicht einmal gemerkt hätte, wenn das Dach vom Schulhaus abgerutscht wäre.

Wir vereinbarten, uns nach dem Unterricht am Springbrunnen neben dem Hintereingang zu treffen. »Meine Güte«, grollte sie, als sie kam, »alle reden nur über: Weißt-du-schon-wer!«

»Und wer ist Weißt-du-schon-wer?« fragte ich.

»Na, die neue Bonnie Sue Detweiler«, antwortete sie leicht gereizt.

»Was hast du erfahren?« erkundigte ich mich, während wir zu den Bussen hinausliefen.

»Nun, ich war jetzt eben im Waschraum und hörte, wie Robin Wendy schwören ließ, keiner Menschenseele etwas zu erzählen, und sie schwor es, und dann kam Marge herein, und Robin ließ auch sie schwören, und sie schwor es auch, aber dann entdeckten sie mich, und Robin hörte auf zu reden. Du weißt ja, wie sie sich aufspielt. Sie sagte, sie könnte vor einer gewissen Person nicht sprechen — und dabei sah sie mich direkt an. Manche Leute, sagte sie, haben eine große Klappe. Kannst du dir das vorstellen? Robin sagt, ich hätte eine große Klappe! Dieser ganze Klüngel, sie und Kate und Gina, die haben doch die größten Klappen der ganzen Schule!«

»Aber hast du trotzdem was herausbekommen?« bohrte ich ungeduldig. Wir fuhren nicht mit demselben Bus, und ich wußte, daß ich nur noch ungefähr zwei Minuten Zeit hatte zu erfahren, was da so an pikantem Klatsch in Umlauf war.
»Soviel ich verstanden habe, geht einer unserer Lehrer mit einem Mädchen aus unserer Klasse. Und stell dir vor, es soll eine sein, von der das keiner je vermutet hätte.« Leichtes Schaudern überkam mich. »Wendy hat versucht zu raten. ›Es muß Toni Sheffield sein!‹ hat sie gesagt.« (Toni Sheffield hat den größten Busen der ganzen Schule. Etwa Größe 105 D.) »Aber Robin hat nur gesagt: ›Nee, du könntest gar nicht weiter davon entfernt sein.‹ Danach haben sie dann mit dem Spiel angefangen, das wir als kleine Kinder immer gespielt haben — weißt du's noch: Warm oder Kalt? Und jedesmal, wenn die beiden eine wirklich Wilde genannt haben, hat Robin ›Ganz kalt!‹ gesagt. Dann wollte Marge besonders witzig sein und meinte: ›Na, wer wird's schon sein, Nancy Henderson?‹, und Robin jaulte und sagte: ›Jetzt wird's langsam wärmer!‹«
Mir brach inzwischen kalter Schweiß aus, aber ich schaffte es noch zu fragen: »Woher hat denn Robin das alles?«
»Weiß ich nicht. Vermutlich von jemandem, der das Mädchen kennt. Von einer ihrer Freundinnen, wer auch immer es ist. Ich ruf dich an, wenn ich zu Hause bin«, versprach Beth, als sie in ihren Bus einstieg. Ich nickte und stolperte zum Ende der Warteschlange vor meinem Bus.
Die Heimfahrt kam mir endlos vor. Meine Gedanken glichen einem Puzzle, das jemand gerade auf den Tisch gekippt hat. Hundert Teile und keins paßte zum anderen. Ich war unfähig zu denken. Ich preßte meine Stirn an die kalte Fensterscheibe des Busses und starrte auf die Bäume und Häuser hinaus, die langsam schaukelnd vorüberzogen. Natürlich steckte da Kate dahinter. Sie war diejenige, die das Gerücht verbreitete. Also hatte sie meinen Brief an Trudy Potts doch gelesen! Aber wie

konnte sie nur einen solchen Narren aus mir machen? Mir stiegen Tränen der Demütigung und Scham in die Augen, und ich mußte schnell schlucken, um sie zu unterdrücken. Als der Bus langsam und knirschend zum Stehen kam, sprang ich hinaus und rannte den Hügel zu unserem Haus hinauf.
Mein Vater stand am Herd. »Paprikahuhn!« rief er freudestrahlend aus und hob dabei den Deckel von einem Topf, damit ich etwas von dem Duft abbekam. Eine Welle des Ekels schwappte über mir zusammen, und ich lief an ihm vorbei die Treppe hinauf. Ich warf mich aufs Bett und versuchte nachzudenken. Kate konnte ich erst später erreichen, denn sie war gerade beim *Cheerleader-**Training. Ich überlegte krampfhaft, was ich ihr sagen könnte oder was ich mit ihr machen sollte. Es war alles so verrückt! Das Telefon klingelte, und ich ging ins Schlafzimmer meiner Eltern, um abzuheben.
»Row?« Als ich Beths Stimme hörte, wurde mir plötzlich klar, daß ich auch nicht wußte, was ich ihr sagen sollte.
»Hallo«, begrüßte ich sie.
»Wer glaubst du denn, wer es sein könnte?« begann sie atemlos.
»Oh, ich weiß es nicht, Beth«, sagte ich zögernd. »Es ist wahrscheinlich nur eins dieser albernen Gerüchte, die die Runde machen. Ich wette, es stimmt nicht einmal.«
»Meinst du? Ich hab den ganzen Heimweg darüber nachgedacht, wer es wohl ist. Ich stelle mir vor, wir müssen alle wilden Typen ausschließen, dann alle hübschen Mädchen und alle mit großem Busen. Da bleiben eigentlich nur noch wir beide übrig!« witzelte sie und brach in schallendes Gelächter aus. Es lag

---

* *Cheerleader* sind junge Mädchen in Uniform, die bei sportlichen Veranstaltungen für Stimmung sorgen, indem sie einerseits die Mannschaft anfeuern und andererseits den Beifall anführen und in den Pausen das Publikum mit Paraden und Tänzen unterhalten; jede Schule hat ihre eigenen Cheerleader.

auf der Hand, daß ich diese Art Unterhaltung gar nicht komisch fand.

»Ach Beth, ich meine, wir sollten versuchen, solchen Klatsch zu unterbinden.«

»Row, was ist denn in dich gefahren? Du warst diejenige, die *mir* davon erzählt hat, hast du das vergessen?«

»Naja, ich glaub bloß, die ganze Sache ist einfach blöd, das ist alles. Können wir nicht von was anderem reden?« Einen Augenblick lang war es totenstill.

»Ich glaube, du bist neidisch, Row!«

»Was?«

»Ich meine, du weißt schließlich, daß jede irgend jemand hat, und du nicht.« Diese Bemerkung saß. Ich wollte eine Gemeinheit erwidern, aber irgend etwas warnte mich. Das war nicht der richtige Tag für einen Streit mit Beth. Ich war so verwirrt und aufgeregt, daß ich einfach das peinliche Schweigen zwischen uns hängenließ. Schließlich sagte ich:

»Ich muß jetzt gehen, Beth.«

»Row, nur noch eine letzte Bitte!« Ich stieß einen übertrieben lauten Seufzer aus.

»Versuchst du wenigstens, dir jemand vorzustellen, der an Nancy Henderson rankommt?«

»Auf Wiedersehen, Beth!« sagte ich eisig und knallte den Hörer hin. Ich kam nicht an Nancy Henderson heran. Die einzige, die an Nancy Henderson herankommt, ist das Riesenfräulein, dachte ich unglücklich.

Ich schüttelte die Kissen auf dem Bett auf, lehnte mich zurück und versuchte, die ganze Sache zu verdauen. Natürlich war es lächerlich und unglaublich. Sie mußten sich alle schieflachen. Beth verdächtigte mich nicht im geringsten. Niemand würde das von mir glauben. Mit einem Ruck setzte ich mich auf. Aber irgend jemand glaubte es anscheinend doch, sonst gäbe es das Gerücht ja nicht! Ich lehnte mich wieder zurück und

dachte eine Weile darüber nach. Kate hatte geglaubt, was in dem Brief stand... Aber wie konnte sie nur? Vielleicht... Kate konnte es vielleicht glauben, weil sie so war. Das war etwas, was im Bereich von Kates Möglichkeiten lag, aber nicht in Beths und nicht in meinem. Aber das wußte nicht jeder. Nicht alle wußten, daß Rowena Swift so etwas nicht passieren konnte. Sie wußten ja nicht, daß ich bei dem dämlichen Test nur sieben Punkte zustande gebracht hatte!
Ich mußte mit Kate reden und ihr die Wahrheit sagen. So einfach war das. Ich konnte sie nicht weiter dumme Lügen verbreiten lassen. Aber was sollte ich ihr erzählen? Daß ich an eine Briefkastentante schreibe und die Briefe dann in der Toilette hinunterspüle? Meine Gedanken drehten sich im Kreis. Wenn ich die ganze Sache einfach nicht zur Kenntnis nahm, vielleicht starb sie dann eines natürlichen Todes. Wie viele Leute mochten mir das wirklich zutrauen? Diese Frage ließ mir einen unerwarteten Schauer den Rücken hinunterrieseln. Vier oder fünf? Zehn? Zwanzig? Die ganze Schule?
Ich stand auf, ging ins Badezimmer meiner Eltern und schaute in den Spiegel. Was sah die Welt an mir, was ich nicht sah? Ich betrachtete mich lange, erforschte die Umrisse meines Gesichts, jede Pore meiner Haut, so als betrachtete ich das Foto einer Fremden. Dann kehrte ich in mein Zimmer zurück und holte das Kästchen hervor, in dem ich meine Schminksachen aufbewahrte. Ich trug sie ins Badezimmer, schloß die Tür und begann, an mir herumzumalen. Damit brachte ich eine Ewigkeit zu, denn ich probierte verschiedene Sorten von Lidschatten, Wimperntusche und anderes Zeug aus, aber irgendwie verlor ich nach und nach die Lust daran.
Nach eineinhalb Stunden rief mein Vater herauf: »Row, geht's dir nicht gut? Ist dir schlecht oder was?«
Ich steckte meinen Kopf zur Badezimmertür hinaus und rief zurück: »Mir geht's prima. Wann ist das Abendessen fertig?«

»Sobald deine Mutter da ist«, antwortete er.
Dann kam Daphne heraus und runzelte die Stirn, als sie mich sah. »Igitt! Was hast du dir denn ins Gesicht geschmiert?«
Ich mußte erst in den Spiegel schauen, um festzustellen, was ich gerade drauf hatte. Ich sah ein bißchen lächerlich aus, aber ich hatte meinen Spaß daran gehabt.
»Schminkst du mich?« bettelte Daphne.
Ich guckte sie an und lächelte. »Na sicher, Mäuschen!« Dann setzte ich sie auf das niedrige Anbauschränkchen und schmierte zwanzig Minuten lang alles, was ich an Schminke finden konnte, in ihr winziges, rundes Gesicht. Sie erinnerte ein wenig an einen Clown, aber als sie in den Spiegel schaute und strahlte, war ich froh.
»Wie sehe ich aus?« fragte sie.
»Sehr, sehr schön«, erklärte ich.
»Sehe ich älter aus?« wollte sie wissen.
»Mindestens wie zwölf«, antwortete ich.
Auf der Einfahrt schlug eine Autotür zu. Daphne sprang auf und rannte in die Diele hinunter. »Ich will mich Mami zeigen«, rief sie glücklich.
Ich begann, mir die Farbe aus dem Gesicht zu waschen. Dann hielt ich inne und starrte einen Moment lang mein Spiegelbild an. Wenn ich es wollte, dann hatte ich jetzt endlich meine Chance, eine Bonnie Sue Detweiler zu werden. Eine von *denen* zu werden. Ich nahm die restliche Schminke ab und schwebte zum Essen hinunter.

»Warum warst du heute morgen nicht an der Bushaltestelle?« fragte ich Kate, gnadenlos wie ein Staatsanwalt, der endlich seinen Hauptverdächtigen im Zeugenstand hat. Seit dem Vortag brannte ich darauf, sie zu treffen, und hier stand ich in der Cafeteria nun direkt hinter ihr in der Warteschlange, und ich wußte noch immer nicht, was ich ihr sagen sollte. Ein Teil von mir war wütend und fühlte sich verraten, aber da regte sich noch ein anderer Teil in mir, der Kate dafür danken wollte, daß sie mir zu einem neuen Image verholfen hatte.
»Ich hab den Bus verpaßt«, erwiderte sie gequält. »Mein Vater mußte mich in die Schule fahren, und sauer war er!«
»Ich kann's nicht glauben«, hörte ich Gina zu Robin sagen, »aber du weißt ja, es sind immer die stillen Wasser.«
»Hallo!« grüßte ich.
Sie sahen sich an, und dann fragte Robin: »Hallo, Row! Was gibt's Neues?«
Ich spürte, wie mein Herz zu hämmern begann, als sie die Frage stellte. War es das? Erwarteten sie, daß ich damit herausrückte, alles gestand und ihnen mein Herz ausschüttete, bei Hörnchen und Berlinern mit Schokoguß? Aus ihren Augen blickte Neugier und noch mehr: ein Hauch von Neid. Ich konnte es fast fühlen.
»Nicht viel«, sagte ich lässig. Ich schielte zu Kate, aber sie war damit beschäftigt, ihr Wechselgeld zu zählen. Tat sie einfach so, als wäre nichts geschehen? Aber während ich in der Schlange vorrückte, wurde mir klar, daß das das einzige war, was wir tun konnten. Was hatte ich denn erwartet? Ein riesiges Spruchband über der Schulfassade mit der Aufschrift

DIE HILLSDALE HIGH SCHOOL GRÜSST ROWENA
SWIFT, DIE JÜNGSTE ANWÄRTERIN AUF DEN JÄHR-
LICHEN BONNIE-SUE-DETWEILER-PREIS?

»Ich möchte dich was fragen«, keuchte Beth atemlos, als wir an diesem Nachmittag den Gang zur Turnhalle hinuntergaloppierten. Wir haben miteinander Turnen, und Miss Clancy hat gedroht, sie gibt uns beiden eine Drei, wenn wir in diesem Trimester noch ein einziges Mal zu spät kommen. Ich bin nicht so glänzend, daß ich mir eine Drei in Turnen leisten kann. Meine Leute betrachten eine Drei als Unglück, also behalte ich sie zum sparsamen Gebrauch vor. Diesmal, denke ich, wird sich wohl Mathe für diese Ehre qualifizieren.

»Was denn?« erkundigte ich mich, als wir den Umkleideraum erreichten und ich am Schloß meines Faches herumfingerte.

»Mr. Silverstein hat mich gefragt, ob ich im Festausschuß für die Weihnachtsparty den Vorsitz übernehmen möchte, und ich hab ja gesagt, aber jetzt brauch ich noch ein paar Kinder, die mir helfen. Willst du im Ausschuß mitmachen?«

Ich hatte Mühe, meine Turnschuhe anzubekommen. Meine Füße wachsen immer noch, glaube ich. Oh Gott! Ich sah zu ihr auf und brummte: »Meinetwegen! Ist vielleicht ganz lustig.«

»Prima! Wir treffen uns heute abend um sieben Uhr bei mir zu Hause«, sagte sie, als wir durch die Drehtüren in die Turnhalle huschten. »Wir werden eine Party schmeißen, wie sie noch nie eine gesehen haben!«

An diesem Abend setzte mich meine Mutter um fünf Minuten vor sieben bei Beth ab. Als ich den Fußweg zur Haustür hinaufging, hatte ich dasselbe Gefühl, das ich immer habe, wenn ich zu Beth gehe: daß ich ein Frühamerikanisches Museum betrete, eine Gedenkstätte für die erste Zeit nach der Unabhängigkeit. Ein Messingadler* hängt über der Eingangstür,

* Nach den Unabhängigkeitskriegen übernahmen die USA den Adler als Wappentier.

und drinnen sind auch überall Adler. Zwei Lampen in Adlerform in der Diele, ein Adler über der Küchentür und ein Adler auf dem Eimer neben dem Kamin. Im Wohnzimmer herrschen Karos in den Nationalfarben Rot, Weiß und Blau vor, und da und dort schwebt noch kolonialer Hauch in Form von alten Spinnrädern, Sturmlampen und einem altmodischen Spültisch, in dem sich eine Hausbar versteckt.
Als Beth mich ins Wohnzimmer führte, sagte sie: »Ich freue mich, daß du als erste da bist. Hast du Ideen?«
»Ich hab nicht viel Zeit gehabt, darüber nachzudenken«, antwortete ich wahrheitsgemäß. »Und du?«
»Nein. Ich verlaß mich drauf, daß Renee was zu bieten hat. Du weißt ja, wie künstlerisch sie veranlagt ist.«
»Renee Harlowe? Was hat denn dieses Spleenchen damit zu tun?« Renee Harlowe war zwar wirklich das größte künstlerische Talent in der neunten Klasse, aber sie hatte auch leuchtend orange gefärbtes Kraushaar, trug ausschließlich Purpurrot, und ihre Fingernägel waren mindestens fünf Zentimeter lang. (Ich konnte mir nie vorstellen, wie sie zeichnete, ohne daß ihr die Dinger im Weg waren.)
»Sie ist meine Beisitzerin«, erklärte Beth gereizt.
»Oh...«, entfuhr es mir, und dann fiel mir der Grund ein. »Ist sie nicht mit Jimmy verwandt? Eine Cousine oder so?«
»Ja. Er ist ihr Cousin«, verteidigte sie sich.
Ich fühlte mich ein bißchen verletzt, daß Beth Miss Spleen als Beisitzerin ausgesucht hatte und nicht mich, aber das war ja klar.
»Weißt du, ich bin darauf angewiesen, daß sie mal was wirklich anderes auftischt. Nicht bloß das übliche rot-grüne Weihnachtszeug.«
Die Türglocke unterbrach sie, und während der nächsten fünfzehn Minuten trafen die anderen ein und ließen sich auf Stühlen, Kissen oder auf dem Flechtteppich nieder. Jimmy gehörte

dem Ausschuß an, natürlich, und ebenso Gary Finch. Ich weiß nicht warum, aber ich freute mich, als ich ihn die Treppe heraufkommen sah. Dann traf Ginger Wilson ein und, endlich, Renee. Ich weiß nicht, wie sie es angestellt hat, purpurrote Jeans aufzutreiben, aber sie hatte sie aufgetrieben, und dazu trug sie ein purpurrotes T-Shirt und eine purpurrote Häkeljacke darüber. Das alles zu orange gefärbten Haaren.
Beth gab sich sehr würdevoll, als sie die Versammlung eröffnete. »Ich denke«, begann sie, »wir sollten uns bemühen, dieses Jahr etwas Einmaliges zustande zu bringen, das sich wirklich von allem anderen unterscheidet. Eine Party mit roten und grünen Papierschlangen und mit Stechpalmenzweigen und dem ganzen Zeug kann schließlich jeder haben, meine ich. Ich möchte gern, daß wir originell sind.«
Ich sah mich im Raum um und fragte mich, ob wir das Fest nicht unter das Motto »Frühes Amerika« stellen könnten. Adler mit Mistelzweigen im Schnabel; ein Weihnachtsmann mit einem Schlitten voller Spielsachen, der von acht winzigen Adlern gezogen wird; die Werkstatt des Weihnachtsmanns, in der viele Adler emsig dabei waren, Geschenke für brave, kleine Mädchen und Jungen zu basteln...
Beth war mit ihrem Gequatsche fertig und bat um Vorschläge. Ginger Wilson war die erste, die sich freiwillig meldete. Ginger erinnert mich immer an eine Figur aus einer Detektivgeschichte mit Nancy Drew. »Ich habe etwas in einer Zeitschrift gesehen«, begann sie atemlos. »Man nimmt einen Zweig und steckt ihn in Styropor, damit er steht, weißt du? Dann besprüht man ihn mit weißer Lackfarbe und streut etwas Silberlamé darüber. Man schmückt ihn mit kleinen Silberkugeln, und er sieht aus wie ein Mini-Weihnachtsbaum!«
Renee blickte sie mit unverhohlenem Abscheu an. »Ein Zweig? Das muß aussehen wie der Weihnachtsbaum von Charlie Brown.« Alle brüllten vor Lachen, und mir tat Ginger ein

bißchen leid. Es ärgert mich immer, wenn jemand um Vorschläge bittet, und dann, wenn man einen macht, wird man gleich abgekanzelt. »Noch jemand?« Renee war jetzt voll da, und ich merkte, daß sie nur auf den richtigen Augenblick gewartet hatte, um uns mit einigen ihrer glänzenden Ideen zu überschütten.

»Was hast du für Vorstellungen, Renee?« fragte ich.

Einen Moment lang sah sie mich etwas überrascht an, und dann sagte sie: »Nun, ich meine, als allererstes brauchen wir ein Thema.«

»Ein Thema?« wiederholte Gary ungläubig. »Ich denke, das Thema einer Weihnachtsfeier ist ziemlich klar.«

»Genau das meine ich! Langweilig. Alltäglich. Banal! Jeder erwartet, daß man diese Party auf eine ganz bestimmte Art und Weise feiert. Überraschen wir sie mal!«

Man hätte eine Stecknadel fallen hören können.

»Okay, Renee«, faßte sich Gary. »Schieß los!«

»Wie wär's mit einem außerirdischen Motto?«

»Meinst du etwas wie Weihnachten auf dem Mars?« platzte ich heraus.

Renee starrte mich wütend an. »Nicht direkt. Eher so was wie ein Fest der Milchstraßen.«

Ich schaute sie entsetzt an, dann ließ ich meinen Blick vorsichtig durch den Raum wandern. Die Gesichter drückten verschiedene Stadien der Verwirrung aus. »Meinst du, wie *Krieg der Sterne?*« fragte jemand.

»Irgendwas in der Art. Seht ihr das nicht direkt vor euch? Das wird ein Knüller. Planeten, Sterne, das Weltall! Es ist aufregend, es ist riesig, es ist eine Herausforderung!«

»Wie steht's mit einem Farbschema?« fragte Beth mit Unschuldsmiene. Ich versuchte, aus ihrem Gesicht etwas herauszulesen. Hatte sie gewußt, was ihre verrückte Partnerin vorhatte?

»Nun, darüber hab ich wirklich noch nicht nachgedacht. Ich wollte auf ein paar Ideen von euch warten, Leute«, erklärte Renee bescheiden. Dann, bevor jemand ein Wort sagen konnte, fuhr sie fort: »Aber was haltet ihr von Silber und Purpurrot?«
»Ich glaube, mir kommt's hoch«, sagte ich zu niemandem speziell.
»Ich weiß nicht«, entgegnete Gary, »es gibt ein paar Dinge, bei denen man die Tradition wahren sollte. Das muß nicht langweilig sein.« Er warf Renee einen vielsagenden Blick zu. »Aber warum muß es gerade Punkrot sein?«
Renee wurde zornig, und ich merkte, daß sie drauf und dran war, mit Gary Streit anzufangen oder mit jedem, der ihr widersprach. Ich bewunderte Gary dafür, daß er ihr die Stirn bot. Es muß herrlich sein, solchen Mumm zu haben. Er sah zu mir herüber und zwinkerte, aber ich tat so, als wäre ich vollauf damit beschäftigt, alle Fusseln von dem Kissen zu zupfen, auf dem ich saß.
»Ich glaube, wir sollten überlegen, was am meisten Spaß macht«, tönte Renee mit großem Nachdruck auf *Spaß*. »Wenn ihr bloß einen Weihnachtsbaum aufstellen und ein paar rote und grüne Papierschlangen aufhängen wollt, prima! Mir soll's recht sein. Das schaffen wir in einer Stunde. Dazu brauchen wir nicht einmal ein Komitee.«
»Ich hab nachgedacht!« Es war wieder Ginger. Lernte dieses Mädchen denn nie dazu? »Ich hab neulich in die Zeitschrift *Vogue* reingeschaut, als ein Bericht über so'ne Weihnachtsparty drinnen war, ganz in Silber und Purpurrot, und es sah recht nett aus...« Ginger erntete ein strahlendes Lächeln von Renee. Aber dann fuhr sie fort: »Es war natürlich eine Dinnerparty in Elton Johns Wohnung, deshalb ist das vielleicht was anderes...« Renee unterbrach sie rasch. »Nun, wie ich schon sagte, es liegt an euch, Leute!« Sie gab sich jetzt ganz gelassen. Ohne mich seid ihr nichts, hieß das. In einer Minute würde sie uns alle

so weit haben, daß wir auf Knien um ein »Fest der Milchstraßen« bettelten.

»Weihnachtspartys sollten wild sein, meine ich, und ich kann mir unsere gut so vorstellen, wißt ihr?« sagte Jimmy. »Überall gibt's diese Bilder vom Weihnachtsmann, der mit seinen Rentieren herumschwirrt. Warum soll er nicht mal in einem Raumschiff sitzen?« Ich schielte zu Beth hinüber, um zu sehen, wie sie das aufnahm, aber sie starrte ihn nur mit offenem Mund an, als wäre er der Große Oz persönlich.

»Sollen wir abstimmen?« fragte Beth. Jeder rutschte einen Moment verlegen auf seinem Sitz herum. »Alle, die für ein Fest der Milchstraßen sind, stimmen mit ›Ja‹.« Ein Chor willensschwacher, leicht beeinflußbarer, rückgratloser Ja-Sager setzte ein. Links von mir hörte ich Jimmys »Ja«, und unmittelbar danach, wie ein Echo, stieß Beth ihres aus.

»Die, die für eine traditionelle, rot-grüne-Stechpalmen-und-all-den-Quatsch-Feier sind, sagen ›Ja‹!« fügte Renee hinzu.

Verstohlen hob ich meine Hand, und aus den Augenwinkeln heraus sah ich, daß die einzige andere erhobene Hand die von Gary war. Gemeinschaft der Verschwörer. Gemeinschaft der Dummköpfe! »Okay; ich meine, das ist ziemlich einstimmig«, verkündete sie, ohne Gary und mich zur Kenntnis zu nehmen. Dieses Mädchen wäre ein Naturtalent für ein kleines, südamerikanisches Land, das gerade einen Diktator sucht. »Jetzt müssen wir noch festlegen, wer was macht.« Für eine Beisitzerin hatte sie das Heft ganz schön in die Hand genommen. »Wer möchte sich um die Dekoration der Turnhalle kümmern?«

Schweigen. Offensichtlich wollte Renee sich diese Aufgabe selbst vorbehalten. Dieser dämliche Vorschlag war ja auf ihrem Mist gewachsen. »Okay«, seufzte sie wie eine Märtyrerin. »Vermutlich muß ich das selbst übernehmen. Wie steht's mit der Werbung? Ich brauche ein paar Leute, die mir helfen. Wie wär's mit dir und Jimmy?« wandte sie sich an Beth.

Beth sah zu Jimmy hinüber, dann nickte sie. »Erfrischungen?« fuhr Renee fort.
Ginger hob schüchtern die Hand. »Gut«, lobte Renee.
»Ginger, besorg große Mengen Cola«, rief Jimmy, »beim Tanzen muß ich immer schwitzen, und Schwitzen macht mich durstig.«
»Nun, ich glaube, dann bleibt es an euch beiden hängen, Karten zu verkaufen«, stellte Renee fest, wobei sie zuerst mich und dann Gary ansah. »Wie wär's damit?«
Gary seufzte. »Na, sicher! Es wird uns nicht schwerfallen, Karten dafür zu verkaufen, Renee! Jeder in der Schule wird um Karten betteln. Wir werden eine Million verkaufen, stimmt's, Row?« behauptete er und sah mich grinsend an.
»Sicher«, antwortete ich halbherzig. Und dann durchfuhr mich der Gedanke so plötzlich, daß ich wie gelähmt war: Hatte Gary Finch das Gerücht gehört? Lächelte er mich deshalb dauernd so an? Warum war mir das nicht früher eingefallen? Wenn die Mädchen glaubten, ich wäre die neue Bonnie Sue Detweiler, dann glaubten die Jungs das auch! *Gary Finch meint, er sieht das Mädchen vor sich, das das Herz des bestaussehenden Lehrers der Hillsdale High School erobert hat.*
»Wir werden ein tolles Team abgeben, Gary«, versprach ich herzlich und schenkte ihm mein schönstes Mona-Lisa-Lächeln.
»Gut, ich denke, das wär's für heute«, schloß Beth und erhob sich, um uns zu verstehen zu geben, daß wir jetzt gehen sollten.
Als ich aufstand, begegnete Ginger meinem Blick. Sie huschte zu mir herüber. »Mach dir nichts draus, Rowena! Ich glaube, du wirst sehen, daß es wirklich so am besten ist«, tröstete sie mich und drückte meinen Arm. Dabei kam mir in den Sinn, daß Ginger wahrscheinlich zu viele rührselige Fernsehspiele gesehen hatte.

Während die anderen nach und nach das Haus verließen, waren Beth und Jimmy in ein Gespräch vertieft. Deshalb rief ich ihr nur zu: »Meine Mom holt mich um acht ab, Beth! Ich wart draußen. Bis bald!«

»Wart 'ne Sekunde«, sagte sie und kam herüber. »Willst du dir morgen das Spiel anschauen?«

Am nächsten Tag fand das große *Homecoming-Match** gegen die High School von Whitmore statt. »Sicher«, sagte ich.

»Gehn wir miteinander?« fragte sie.

»Gehst du denn nicht mit Jimmy?«

»Er kann nicht. Er muß morgen bis Mittag arbeiten. Wir können uns dort treffen, okay?«

»Okay! Wer zuerst da ist, hält die Plätze frei.«

»Bis morgen«, sagte sie, und ich eilte hinaus.

Gary und Ginger standen unter der Laterne im Vorgarten. Ich schlenderte zu ihnen. »Ich glaube, es wird sensationell werden, du nicht, Row?« fragte Ginger.

»Row findet es ungefähr so sensationell wie ich, stimmt's?«

In der Dunkelheit war sein Gesicht zwar kaum zu erkennen, aber am Klang seiner Stimme merkte ich, daß er mich wieder auf diese besondere Art anschaute.

Ich zuckte mit den Schultern und lachte. Dabei bemühte ich mich, das Lachen sexy und kehlig klingen zu lassen. »Du kennst ja den Spruch, Gary: Wenn du sie nicht schlagen kannst, verbünde dich mit ihnen!«

»Wirst du abgeholt?« fragte er.

»Ja«, sagte ich. »Ich wohne am anderen Ende der Stadt. Ich wollte, wir hätten Busse!«

---

* *Homecoming:* Alljährlich stattfindendes Fest mit geselligen und sportlichen Veranstaltungen, bei dem ehemalige Studenten ihre alte Schule besuchen, um Freunde und Lehrer wiederzusehen. Höhepunkt ist meistens das Football-Match gegen die Mannschaft einer anderen Schule.

»Das ist sicher lästig. Also, ich muß jetzt gehen. Kommst du, Ginger? Ich begleite dich bis Cedar.« Dann legte er seine Hand auf meinen Arm und sagte mit gespielter Feierlichkeit: »Denk dran, Row, wir beide trotzen der Welt!« Und er lächelte wieder. Da wußte ich es genau. Ich erkannte es daran, wie er mich anlächelte. So hatten mich Jungs noch nie angelächelt. Gary dachte, ich ginge mit Alan Phillips.

Auf der ganzen Heimfahrt spürte ich, daß ich vor Aufregung glühte.

Am nächsten Morgen war ich kaum mit dem Frühstück fertig, als das Telefon klingelte. »Für dich, Rowena«, rief meine Mutter. »Es ist Kate.«

»Hallo«, meldete ich mich und bemühte mich um einen gelassenen Tonfall.

»Hallo, Row! Ich war nicht sicher, ob du überhaupt schon auf bist.«

»Ich wollte mich gerade anziehen.«

»Willst du mit uns zum Spiel mitfahren?« fragte sie. »Ich muß aber ein bißchen früher dort sein, schon zum Warmlaufen.«

»Selbstverständlich«, sagte ich unbeeindruckt. »Wann kommst du?«

»Um halb zehn.«

»Ich werde fertig sein«, versprach ich und legte auf.

Das war Kates großer Tag. Die *Hillsdale Rangerettes* waren zwar nicht gerade die berühmten *Dallas Cowgirls,* aber sie kamen sich so vor, und Kate war unerträglich gewesen, seit sie zur *Cheer-*

leader-Truppe gehörte. Heute würde das ganze Pompongewirbel, das Gekreische und Herumgehüpfe in dem gipfeln, was die *Rangerettes* für eine glänzende Darbietung während der Halbzeit hielten. Ich hegte Kate gegenüber immer noch recht gemischte Gefühle, und wenigstens eine Hälfte von mir hoffte, sie würde sich den Knöchel verstauchen.

Ich stand vor meinem Kleiderschrank und rang mit mir, was ich anziehen sollte. Plötzlich schien mir meine gesamte Garderobe zu farblos — für jemand wie mich. Dann redete ich mir ein, daß schließlich *ich* es war, die in diesen langweiligen, farblosen Klamotten Alan Phillips besiegt hatte. Das half mir, im Nu etwas herauszufischen. Während ich mich anzog, kam mir in den Sinn, daß ich beinahe anfing, es selbst zu glauben, und bei dem Gedanken mußte ich kichern.

Unterwegs im Auto plapperte Kate unablässig über das Spiel, über die Show und darüber, daß sie ganz bestimmt einfach großartig sein würde, und so weiter und so fort. Sobald wir beim Sportplatz ankamen, rückte sie den Rock ihrer rost-goldenen Uniform gerade und fragte: »Wie sehe ich aus?«

»Wie ein aufgetakeltes Zirkuspferd«, hätte ich gern erwidert, aber ich tat es nicht. Ich sagte nur: »Gut!«

Dann rannte sie los, begierig darauf, die anderen *Cheerleader* zu treffen, um die Menge zu Beifallsstürmen hinzureißen. Als ich die Tribüne erreichte, sah ich mich nach Beth um. Ich entdeckte ihre blaue Jacke in einer der oberen Reihen und begann, mich an den Knien von etwa hundert ärgerlichen ehemaligen Hillsdale-Studenten vorbei zu ihr durchzuschlängeln. Erst nachdem ich sie erreicht hatte, entdeckte ich, wer neben ihr saß. Der Blick, den ich ihr zuwarf, sollte folgendes ausdrücken:

1. Warum ist dieses Ekel hier?
2. Warum hast du gelogen und mir erzählt, daß er nicht kommt?
3. Wie erträgst du es nur, mit ihm gesehen zu werden?
4. Das Ganze noch mal von vorn.

Als ich mich neben sie setzte, wandte sie sich zu mir und flüsterte, wobei sie die Lippen so wenig bewegte, als wären sie mit einem Betäubungsmittel vollgespritzt, das ausgereicht hätte, einen Elefanten zu lähmen: »Ea uste nich areiten, as sollte ich a achen?«
»Was sagst du?«
»Er mußte nicht arbeiten, was sollte ich da machen?« wiederholte sie etwas verständlicher. Sie zuckte dabei mit den Schultern, womit sie ihre völlige Hilflosigkeit in einer solchen Situation veranschaulichen wollte.
Ich wandte mich ab und versuchte, mich auf die Football-Mannschaft zu konzentrieren, die gerade aufs Spielfeld herauslief. Die High School von Whitmore war unser Erzrivale, und es war immer eine Sache auf Leben und Tod, wenn die beiden Mannschaften aufeinandertrafen. Joe Duffy war unser bester Abwehrspieler, und er war wirklich gut, aber die anderen hatten Hank Bradley, und der war sogar in die Bezirksmannschaft gewählt worden.
Meine Blicke wanderten langsam über die Sitzbänke. Ich wollte sehen, wer sonst noch alles da war. Da erspähte ich etwa drei Reihen unter mir Gary. Genau in diesem Augenblick ertönte der Anpfiff. Einige Minuten lang konzentrierte ich mich auf das Spiel, aber dann ertappte ich mich dabei, daß ich wieder die Reihen vor mir absuchte. Links und rechts von ihm saßen Jungen, also war er vermutlich mit keinem Mädchen verabredet gewesen.
Als mir ein steifer Herbstwind durchs Haar strich, fragte ich mich im stillen, wie viele Leute wohl verstohlen in meine Richtung schielten. Wahrscheinlich sah ich recht attraktiv aus mit dem Haar, das wie in einem Werbefilm für Shampoo im Wind flatterte. Ich konnte mich nicht daran erinnern, mich in meiner Haut je so wohl gefühlt zu haben.
Plötzlich brüllte die Menge auf, und meine Aufmerksamkeit

kehrte flugs zum Spiel zurück. Ein Tor war gefallen, und wir lagen 7 — 0 in Führung. »Wir werden gewinnen! Ich spür's!« quietschte Beth neben mir.

Ich hatte versucht, ihre Anwesenheit zu übersehen, damit ich vergessen konnte, wer auf der anderen Seite neben ihr saß. Zur Halbzeit führten wir 14 — 0, so daß alle in prächtiger Stimmung waren, als die *Rangerettes* ihre Schau abzogen. Kate war gut, das muß ich zugeben, und ich gestehe nur ungern, daß sie nicht ein einziges Mal hingefallen ist. Wir schlugen Whitmore mit einem überwältigenden 35 — 7. Das war der größte Sieg, den es je gegeben hatte. Als wir, vom Schreien alle heiser, aufstanden, beugte sich Beth begeistert zu mir herüber und sagte: »Jetzt gehen wir zu Pete's Hamburger essen.«

»Also dann, Wiedersehen«, sagte ich.

»Nein, wir gehen alle. Nicht wahr, Jim?«

»Na sicher doch«, meinte er.

Ich durchbohrte Beth mit meinen Blicken. »Nein, ihr beide geht hin. Ich geh nicht.«

Ich sah, wie Beth Jimmy in die Rippen stieß. »Natürlich gehst du mit, Row«, entschied er.

Das muß ein Alptraum sein, dachte ich, als wir uns einen Weg auf die Jackson Street hinaus bahnten. »Hört mal«, sagte ich, »ich hab keine Lust auf Hamburger. Wirklich nicht.«

Beth packte mich am Arm. »Bitte, Row, du mußt mitkommen. Es-wartet-jemand-auf-dich!« Ich starrte sie an. Beth, die Kupplerin! Auf einmal merkte ich, daß ich gar nicht nach Hause fahren wollte. Warum sollte ich auch? Mein neues Ich brach durch. Bei Pete's war immer was los, und ich würde wie alle anderen dabeisein.

»Okay«, erklärte ich und schüttelte mein langes, kastanienfarbenes Haar und lachte fröhlich.

Die Nischen waren alle besetzt, als wir bei Pete's ankamen,

und wir mußten mit etwa fünfzig anderen lärmenden Fans stehen bleiben und warten. Als ich mich vorsichtig im Raum umsah, beschlich mich das sonderbare Gefühl, beobachtet zu werden. Dann fiel mir ein, daß ich wahrscheinlich wirklich beobachtet wurde. Unwillkürlich fragte ich mich, wie viele von den Jungs hier wohl dachten, daß Alan Phillips mich unwiderstehlich fand. Ich bemerkte zwei Jungen, die mich unverhohlen anstarrten, und ertappte mich dabei, daß ich zurückstarrte, bis sie wegschauen mußten. Komisch, ich hatte immer Angst davor, Blickkontakt mit einem Jungen aufzunehmen. Ich meine, ich weiß natürlich, daß ich davon nicht schwanger werde oder was, aber dennoch, wenn ein Junge mich anschaute, schaute ich immer wie gelangweilt weg. Aber seit ich wußte, was sie alle von mir dachten, war das irgendwie anders. Ich fragte mich, ob sie dahinterkommen wollten, was Alan an mir fand. Welche verborgenen Abgründe in mir ihn wohl dazu brachten, daß er alles aufs Spiel setzte?

»Da ist er!« rief Beth. Ich drehte mich um und sah den Jungen hereinkommen, den sie mir zugedacht hatten. Es war Pickel-Richie! Vermutlich war es widerlich von mir, ihn so zu nennen. Ich meine, jeder bekommt mal Pickel. Ich hatte selbst gerade zwei im Gesicht. Nur, bei Richie war das etwas anderes. Er hatte eine picklige persönliche Ausstrahlung. Wißt ihr, was er zur Begrüßung sagte? Nichts. Er nahm nur einen Zahnstocher von der Theke neben der Registrierkasse, winkte mir damit zu und begann, in seinen Zähnen herumzupulen. Bevor er überhaupt etwas gegessen hatte. Schließlich bekamen wir eine Nische und rutschten hinein. Beth und ich nach innen, Jimmy und Richie jeweils neben uns. Nachdem wir uns gesetzt und unsere Hamburger bestellt hatten, richtete ich meine Aufmerksamkeit auf die Tür. Ich wollte sehen, wer hereinkam, und es beschäftigte mich, so daß ich Richie übergehen konnte.

Kate und einige der anderen *Cheerleader* trafen ein, mit einem

Haufen Jungs im Schlepptau. Sie wurden mit riesigem Hallo und Geschrei empfangen, und ich spürte den so vertrauten, nagenden Neid.
»Hallo, Row, alles klar für unseren Großangriff?« Die Stimme schreckte mich auf, ich schaute hoch und sah Gary an der Nischenwand lehnen.
»Na, ich denke schon«, sagte ich und lächelte zu ihm auf. Es wurde immer leichter! Wenn ich nur zum Lächeln noch einen passenden, flotten Dialog zustande brächte!
»Wir müssen die purpurrote Pest bei Laune halten«, lästerte er mit einem Grinsen. Dann sah ich ihn verdutzt einen raschen Blick auf Richie werfen, und mit einem kurzen Winken war er wieder verschwunden. Ich versuchte festzustellen, mit wem er da war, aber die Menge war so dicht, daß sie ihn einfach verschluckte.
»Ich weiß nicht, was ihr beide gegen Renee habt«, fragte Beth. »Ich finde ihre Ideen sehr originell.«
»Ich finde ihre Ideen sehr dumm«, entgegnete ich ehrlich.
Jimmy sah von seinem Hamburger auf. Ketchup lief ihm wie Blut aus dem Mundwinkel. Er starrte zu mir herüber, und ich starrte zurück. Allmählich gewöhnte ich mich daran, glaube ich. Ich hielt scheinbar eine Ewigkeit seinem Blick stand (beinahe würgte es mich im Hals, so abstoßend war er), und als ich dann wegschaute, senkte ich zuvor aufreizend sittsam die Lider. Überflüssig zu betonen, daß ich nur übte. Das war ein ganz neuer Sport für mich, und mir war klar, daß ich soviel Anlaufzeit brauchte, wie ich nur kriegen konnte.
Als Jimmy und Richie bezahlen gingen, warf mir Beth einen haßerfüllten Blick zu. »Hör auf, mit Jim zu flirten!« zischte sie.
»Was?« fragte ich unschuldig. »Warum sollte ich ausgerechnet mit ihm flirten?«
»Ich hab geglaubt, du bist meine Freundin. Ich meine es ernst, Row! Er ist tabu.« Ich traute meinen Ohren nicht. Beth erklärte

mir fast hysterisch, daß ihr Freund für mich tabu wäre. Und nur wenige Tage zuvor hatte sie mir unterstellt, ich wäre wegen meines unbemannten Daseins neidisch.

Ich rief meinen Vater an und bat ihn, mich abzuholen, und während wir draußen warteten, hatte ich das unbehagliche Gefühl, daß Jimmy Dennison schrecklich dicht neben mir stand. So dicht, daß sein heißer, nach Zwiebeln riechender Atem meinen Nacken streifte. Als der Wagen meines Vaters hielt, sprang ich dankbar hinein, aber nicht ohne vorher noch einen festen Druck an meinem Arm zu spüren.

»Keine Sorge, Row«, flüsterte Jimmy, »ich ruf dich an.« Wieso begriff Jimmy Dennison denn nicht, daß ich nur übte?

»Wie meinst du das, ich hätte mich wie ein Flittchen benommen?« Ich klemmte mir den Telefonhörer unters Kinn, während ich noch eine Schicht Nagellack auftrug. Nie hatte ich Beth so zornig gehört, und einen Moment lang schwappte eine Welle des Mitgefühls über mir zusammen. Noch vor wenigen Tagen hätte ich das sein können. Unscheinbar, nicht gefragt, unsicher und jetzt noch verschmäht. Der Himmel wußte, daß ich Jimmy Dennison nicht haben wollte, und ich hatte ihm das auch gesagt, als er mich anrief. Das versuchte ich, Beth zu erklären.

»Ehrlich, Beth! Ich hab Jimmy gesagt, daß ich doch weiß, daß er mit dir geht und daß ich mich nie zwischen euch drängen möchte.« Ich zögerte einen Augenblick. »Das hab ich ihm wirklich gesagt, jedesmal wenn er anrief.«

»Rowena Swift, du bist gräßlich! Ich weiß nicht, was mit dir geschehen ist, aber vielleicht solltest du dich mit Robin und diesem ganzen Verein herumtreiben. Du würdest gut da hineinpassen!«

Ich hörte ihr Telefon klicken und dann das Freizeichen. Mit einem Seufzer legte ich den Hörer auf. Ich wollte wirklich nicht mit Beth streiten, aber was sollte ich machen? Sollte ich mich etwa dafür entschuldigen, daß ich so eine ungewöhnliche Anziehungskraft ausübte?

Es war wirklich verwirrend, wie leicht man im Leben in eine neue Rolle schlüpfen konnte, beinahe wie in ein neues Kleid. Paßte sie mir? Stand sie mir? Meine neue Rolle als diesjährige Bonnie Sue Detweiler paßte wie angegossen... Und... Nun ja, offensichtlich stand sie mir auch. Zuerst schenkte mir Gary Finch seine Aufmerksamkeit, dann stierten mich diese Jungs da bei Pete's an, und jetzt rief Jimmy dauernd an. Und das war erst der Anfang!

Ich versuchte am nächsten Tag in der Schule, mit Beth zu reden, aber sie war entschlossen, mir die kalte Schulter zu zeigen. Als wir aus Alans Stunde kamen, schlenderte ich hinter ihr den Korridor entlang und bemühte mich, ein Gespräch in Gang zu bringen.

»Junge, Junge, das hat uns grad noch gefehlt, noch mehr Hausaufgaben!« seufzte ich. Schweigen. »Worüber wirst du schreiben?« fragte ich sie. Alan hatte von uns verlangt, ein Gedicht über eins der großen Probleme dieser Welt zu verfassen: Hunger, Krieg oder so was.

»Ich weiß es noch nicht«, erwiderte sie eisig.

Im Mathesaal belegte sie einen Platz neben Wendy Slater, und ich fand einen hinten neben Willie Pearson, und dabei blieb's. Es fiel mir wie Schuppen von den Augen, daß meine Freundschaft mit Beth auf der Voraussetzung beruhte, daß ich für immer das häßliche Entlein bleiben müßte. Nun denn, es gab ja eine Menge junger Leute an der Hillsdale High School, die mein neues Ich nicht störte, ich brauchte mich nur mit ihnen anzufreunden.

Ich beschloß, bei dem Gedicht aufs Ganze zu gehen. Zuerst hörte ich mich um, was die anderen machten. Ich brachte es auf vier Umweltverschmutzungen, sechs Hungersnöte, drei Übervölkerungen, fünf Kriege und zwei Ich-weiß-noch-nicht-Was. Mir war klar, ich mußte etwas nehmen, was sonst niemand nahm, damit ich auch sicher seine Aufmerksamkeit erregte. Seit dem Lyrikabend hatten wir wirklich nicht viel Gelegenheit gehabt zusammenzusein, aber ich übte mich in Geduld. Wenn ich ein wirklich glänzendes Gedicht schrieb, wußte ich, daß es ihn beeindruckte und daß er mich dann wieder bat, nach dem Unterricht dazubleiben.

Es dauerte fast eine Woche, bis mir schließlich ein Thema für mein Gedicht einfiel: Krankheit. Keine alltägliche Wald- und-Wiesen-Krankheit — es sollte eine Krankheit von gewaltigem Ausmaß werden. Eine, die Millionen an einem Tag dahinrafft, die über Kontinente hinwegfegt und erwachsene Männer auf der Stelle umfallen läßt. Je mehr ich darüber nachdachte, desto sicherer wußte ich, daß es das war, was ich wollte.

Sobald ich mein Thema hatte, zerbrach ich mir den Kopf über einen Titel. »Krankheit« klang einfach zu klinisch. Das hörte sich nach einem Gedicht über Windpocken an. Nein, es mußte etwas Heroisches und zugleich Romantisches sein, denn ich hatte beschlossen, daß es ein episches Gedicht werden sollte. Ich kam auf Übel, Infektion, Epidemie und Seuche und verwarf alles wieder, bis ich endlich das Richtige fand: Pest. Oder noch poetischer: Pestilenz.

Als ich das Gedicht fertig hatte, war es acht Strophen lang. Ich war nicht sicher, wie lang ein episches Gedicht zu sein hatte, aber ich stellte mir vor, daß meines wahrscheinlich doppelt so lang war wie irgendein anderes, und das war lang genug. Wir gaben die Arbeiten am Montag ab, und als wir uns am folgenden Mittwoch auf unsere Plätze setzten, war ich voller Selbstvertrauen. Ob es daran lag, daß das Gedicht so gut war, oder ob ich einfach wußte, er würde erneut die Gelegenheit nutzen, mit mir allein zu sein, das war mir nicht klar. Aber von einem war ich fest überzeugt: Er würde mich bitten, nach der Stunde dazubleiben. Und er tat es!

Als es klingelte, verließ ich meinen Platz nicht. Rundherum standen Schüler auf und warfen noch rasch einen Blick auf mich, bevor sie sich auf den Weg zur Tür machten. Die Mädchen beneideten mich zweifellos, und die Jungs sahen mich mit dieser gewissen Neugier an, die ich jetzt allmählich kannte.

»Rowena?«

Ich blickte auf, und er lächelte mich an. Er lächelte noch immer, als ich mich erhob und zu seinem Pult ging. Er hiel mein Blatt in der Hand und ließ es sanft auf die Tischplatte sinken, als ich näher kam.

»Sehr interessant«, begann er in leisem, vertraulichem Ton. Ich spürte, daß ich rot wurde. »Hmh, Rowena, hast du irgend etwas speziell über die Pest gelesen, das dich zu dem Gedicht angeregt hat?«

Ich schüttelte den Kopf. »Oh, nein! Das stammt alles von mir.«

Er nickte nachdenklich. »Du sollst nicht meinen, ich unterstellte dir, daß du abgeschrieben hättest«, beschwichtigte er, wobei der Hauch eines Lächelns über seine dunklen, schönen Züge huschte. »Es ist nur... Deine Gedichte sind so sehr gefühlsbetont, und du machst mir sonst nicht diesen Eindruck.«

Hinter diesen Worten steckte natürlich irgendeine tiefere Bedeutung, und ich wußte, es war wichtig, daß ich das Richtige darauf antwortete.

»Ich gebe mir große Mühe, meine Gefühle zu verbergen, wenn ich hier bloß von einer Stunde in die andere laufe und so«, sagte ich, »aber in meiner Lyrik kommt mein wahres Ich zum Vorschein.«

Er nahm das Gedicht wieder vom Tisch. »Das ist dein wahres Ich, Rowena?« fragte er und begann, die erste Strophe zu lesen:

> *O Fluch über unzähligen Seelen,*
> *O Dunkel, in dem die schwärzeste Nacht*
> *Erscheint wie Lichterpracht,*
> *O Kreatur, weder Tod noch Leben —*
> *Die Pest ist das,*
> *Wovor alle Menschen beben.*

»Ja, das ist es«, sagte ich, wobei ich den Blick senkte, um ihm zu zeigen, wie ungeheuer attraktiv eine Frau sein konnte, während sie gleichzeitig das Gewicht der ganzen Welt auf ihren Schultern trug. »Ich weiß, Sie denken wahrscheinlich, daß ich noch zu jung bin, mich um solche Dinge zu kümmern. Aber wenn ich mir keine Gedanken über die Beulenpest mache, wer dann?«

Einen Augenblick lang sah er mich verwundert an, dann nickte er. »Ich verstehe. Nun, du beeilst dich jetzt besser, sonst kommst du in deine nächste Stunde zu spät. Aber tu mir einem Gefallen, Rowena? Nur um deine schriftstellerischen Fähigkeiten auf die Probe zu stellen, mach mir ein Gedicht über... mh, den Sonnenschein, okay?« Ich muß entsetzt ausgesehen haben.

»Du hast doch nichts gegen Sonnenschein, oder?«

»Oh, nein! Natürlich nicht. Solange wir ihn nicht jeden Tag haben müssen«, sagte ich und nahm ihm mein Gedicht ab. Er stellte offensichtlich mich auf die Probe, er wollte herausfinden, ob ich unter der Oberfläche vielleicht doch nur ein alberner Teenager war.

Als ich in die nächste Stunde kam, merkte ich, daß alle darauf

brannten zu erfahren, was sich zwischen Alan und mir abgespielt hatte. »Verflixt noch mal«, seufzte ich und plumpste auf meinen Sitz, »warum muß er ausgerechnet mich für diese Extratouren herausfischen?«
»Ich glaub allerdings nicht, daß du was dagegen hast. Du strahlst übers ganze Gesicht«, bemerkte Robin.
Ich lächelte verlegen. »Naja, man freut sich eben, wenn man geschätzt wird«, gab ich zu. Dann fügte ich rasch hinzu: »Wegen meiner Lyrik, meine ich.«
Ich weiß nicht, was in mich gefahren war. Ich wurde langsam verwegen, vermute ich. Je sicherer ich wußte, daß die Leute es glaubten, desto deutlicher schien sich die Möglichkeit abzuzeichnen. Ich narrte die anderen, aber ich narrte auch mich selbst. Wenn die anderen Jungen mich alle attraktiv fanden, warum nicht auch Alan? Was machten schon ein paar Jahre? Die nächsten Abende verbrachte ich damit, die leeren Seiten in meinem Ringbuch anzustarren, mir fiel absolut nichts Herbes und Verbittertes ein, was ich über den Sonnenschein hätte schreiben können. Offensichtlich war es aber gerade die illusionslose, der Welt überdrüssige Seite in mir, die ihn anzog, und ich konnte doch nicht alles kaputtmachen und ein Jubelgedicht schreiben.
Während ich bereits den dritten Abend hintereinander ins Leere stierte, klingelte das Telefon, und meine Mutter rief die Treppe herauf: »Rowena, für dich.«
Ich schob den Stuhl zurück, latschte in die Diele hinunter und überlegte, wer es sein könnte. Weil Beth nicht mehr mit mir redete, war das Telefon die ganze Woche still gewesen.
»Hallo?« rief ich.
»Hallo, Row! Hier ist Gary.«
»Oh... Uh... Hallo«, stammelte ich völlig überrumpelt.
»Hast du die Hausaufgaben in Geschichte schon gemacht?«
»Nein, noch nicht.«

»Könntest du mir die Seitenzahlen sagen? Ich hab' meine Notizen in der Schule gelassen.«
»Natürlich«, sagte ich, legte den Hörer ab und ging in mein Zimmer, um das Geschichtsbuch zu holen. »Seite hundertdreißig bis hundertsiebenunddreißig und die Fragen auf Seite hundertfünfundvierzig.«
»Danke! Der gibt vielleicht 'ne Menge Hausaufgaben auf, nicht wahr?«
»Ja, das tut er.«
»Aber so schlimm wie Ramirez ist er doch nicht. Erinnerst du dich noch an ihn?«
»Du hast ein Gedächtnis wie ein Elefant!« staunte ich. Ramirez war ein Vertretungslehrer, den wir in der sechsten Klasse mal hatten und der uns Unmengen Hausaufgaben aufgebrummt hatte. Einen Moment lang herrschte Schweigen. Ich wußte, daß ich zu Gary nett sein sollte, aber meine Gedanken waren bei Alan und dem Gedicht. Außerdem war es schwieriger, per Telefon zu flirten. Sicher gab es da einen Trick, aber soweit war ich noch nicht.
»Hast du schon Karten verkauft?« fragte er.
»Nein, noch nicht«, gestand ich. Und dann begann ich zu kichern. »Um die Wahrheit zu sagen, die hab ich ganz vergessen!« Sie waren noch immer in dem Umschlag, den Renee mir vor drei Tagen gegeben hatte.
»Du bist schrecklich«, behauptete er. »Ich hab zwei verkauft. Eine an mich selbst und eine an Ralph.«
»Oh, dann bist du nicht viel besser. Ein schönes Komitee sind wir!«
»Vielleicht könnten wir uns zusammentun und mal an irgendeinem Nachmittag miteinander verkaufen.«
»Sicher«, sagte ich.
»Also, ich muß jetzt gehn. Ich seh dich in Englisch.«
»Bis dann. Tschüs!«

Ich ging an meinen Schreibtisch zurück. *Gary Finch hatte mich angerufen.* Ich fühlte mich ganz und gar anders als damals, als Jimmy Dennison angerufen hatte. Wegen der Hausaufgaben in Geschichte hätte Gary auch einen seiner Freunde anrufen können. Aber er wollte mit *mir* reden. Ich fühlte mich absolut phantastisch.

Dann mußte ich Alan eben mit meiner Vielseitigkeit verblüffen, denn es war völlig ausgeschlossen, daß ich in meiner augenblicklichen Verfassung ein düsteres Gedicht schreiben konnte. Übrigens, bei all den Jungs, die sich überschlugen, um mit Rowena Swift zu reden, brauchte ich nicht darum zu bangen, daß Alan Phillips sein Interesse an mir verlieren könnte. Ich nannte das Gedicht »Sonnenlicht« und gab es am nächsten Morgen ab:

Rosa, Orange und Gelb,
Gefiltert durch Lachen,
Tanzt auf Wolken,
Segelt durch Regentropfen!

Scheint, strahlt,
Blendet uns
Mit eurem Glanz!
Holde Diamanten auf dem Meer...

Gesang, Lächeln,
Warm-goldenes Versprechen.
Tagesanbruch. Anbeginn.
Freude.

In der folgenden Woche ging es bei uns hektisch zu, weil meine Schwestern zum Erntedankfest nach Hause kamen und übers Wochenende blieben.

Gwen traf am Mittwoch nachmittag aus Wellesley ein. Jemand hatte sie im Auto mitgenommen, und sie platzte zur Tür herein, atemberaubend wie immer, quietschte vergnügt bei unserem Anblick und umarmte und küßte jeden mit unbekümmerter Hemmungslosigkeit. Gwen ist nicht nur sehr klug, sondern sie ist auch sehr überschwenglich. Es war schön, sie zu Hause zu haben. »Erzähl mir alles, was es bei dir Neues gibt«, sagte sie, als ich ihr auspacken half und sie sich in ihrem alten Zimmer einrichtete. »Du siehst irgendwie verändert aus. Liegt das an der High School oder woran sonst?«

Ich spürte, daß ich rot wurde. »Ich weiß es nicht. Jeder verändert sich, ständig.« Konnte sie es schon sehen? Konnte sie sehen, daß ich eine neue Bonnie Sue Detweiler war? War es so augenfällig?

»Jetzt weiß ich's. Es sind deine Augen. Du schminkst dir die Augen«, bemerkte sie, als wäre das die erschütterndste Sache der Welt.

»Oh, Gwen, das tun doch alle«, entgegnete ich.

»Ich nicht«, stellte sie nüchtern fest und schob ihren Koffer unters Bett. Sie blinzelte mich durch ihre Schildpattbrille an. »Silbernes Augen-Make-up...« Sie zögerte. »Es sieht sehr hübsch aus«, sagte sie. Ich merkte, daß sie versuchte, taktvoll zu sein.

Ich war mir nicht so sicher, daß es sehr hübsch aussah, aber ich hatte noch nichts Besseres gefunden. Ich war nicht wie

Gwen, die eine große Brille und ein großes Lächeln aufsetzen konnte und damit hinreißend aussah.

Meine Schwester Livvy traf kurz vorm Abendessen ein. Livvy hatte, wie ich schon erwähnte, ihre eigene Wohnung in der Stadt, wenn auch meine Eltern davon nicht so sehr begeistert waren. (So ist es, wenn man das College hinter sich hat und fast zweiundzwanzig ist. Selbst wenn die Familie etwas nicht mag, kann man es trotzdem tun.) Ich erinnere mich noch daran, wie wir das erstemal hinfuhren, um Livvys Wohnung zu besichtigen. Ich hatte etwas ganz Extravagantes und Dramatisches erwartet. Vielleicht weiße Wände... Livvy ist Künstlerin, und haben Künstler nicht immer weiße Wände? Und moderne Gemälde, und dicke Teppiche. So ganz auf Karriere-Mädchen-in-New-York. Statt dessen hatte ihre Wohnung blaßrosa Wände, einen Schaukelstuhl, einen runden, in eine Spitzendecke gehüllten Tisch und eine Tiffany-Lampe an der Decke. Ich war schrecklich enttäuscht. Sie nannte diesen Stil avantgardistisch. Ich nannte ihn altjüngferlich.

Wie dem auch sei, es war großartig, die ganze Familie wieder zusammenzuhaben. Wir saßen herum und plauderten. Daphne versuchte, mit Geschichten über ihre Erlebnisse mit den Heinzelmännchen das Gespräch an sich zu reißen, Gwen redete vom College, und Livvy erzählte uns von zwei neuen Läden, die in ihrer Straße eröffnet worden waren: Madame Palmas Horoskop-Himmel und Psychotische Pizzas.

Nach dem Abendessen kam Livvy in mein Zimmer und plumpste aufs Bett. Sie sah sich um und sagte: »Gott, hier hat sich's kein bißchen verändert! Es ist noch genauso wie in der Zeit, als du ein kleines Mädchen warst.«

»Reit nicht noch drauf rum«, stöhnte ich und verzog dabei das Gesicht.

»Was ist los? Gefällt's dir nicht?«

»Sagen wir mal, es ist nicht ganz mein Geschmack.«

»Oh?« Sie stützte sich auf einen Ellenbogen und sah plötzlich sehr interessiert aus. »Und wie ist dein Geschmack? Komm, verrat's mir!«
»Nun, hm, modern, glaub ich. Ganz glatt, ohne all den Firlefanz.«
»Aha! Eine Seite an meiner Schwester, die ich noch nie gesehen habe: die Frau von heute.«
Sie zog mich natürlich auf, aber es störte mich nicht. »Naja, weißt du, ich werde langsam erwachsen«, sagte ich. Ich hätte gern hinzugefügt: »Wenn du wüßtest, was man sich in der Schule erzählt, wüßtest du, wie erwachsen ich schon geworden bin!« Aber ich tat es nicht.
»Warum richtest du dein Zimmer nicht neu ein?« fragte sie beiläufig.
»Oh, das kann ich doch nicht«, erwiderte ich.
»Warum nicht?« beharrte Livvy und schien gar nicht zu merken, was für ein radikaler Vorschlag das war. »Wenn du so erwachsen bist, wie du sagst, hier ist deine Chance, es zu beweisen.«
Plötzlich begriff ich, wie toll diese Idee eigentlich war. Livvy ist schon immer ein kleiner Rebell gewesen, und als sie noch zu Hause wohnte, war ihr Zimmer ihre eigene Oase, wild und farbenprächtig, mit einem mexikanischen Tischtuch als Bettdecke und psychedelischen Postern an der Wand. Warum konnte ich nicht genauso sein? Ein neues Zimmer für mein neues Ich! Was für ein Zimmer hatte Bonnie Sue Detweiler wohl, fragte ich mich. Aber zu Livvy sagte ich nur: »Meinst du wirklich, wir könnten Mom und Dad dazu überreden?«
»Überlaß das mir! Ich helf dir, und wir haben den Raum im Nu verwandelt. Ich bin nicht umsonst Innenarchitektin, weißt du.«
Zum Erntedankfest kocht immer Mom, aber natürlich kann Dad nie widerstehen, etwas Besonderes zum Menü beizusteuern. In diesem Jahr hatte er ein neues Zucchinigericht

gemacht. Seiner Ankündigung nach sollte es »faszinierend« sein. Faszinierende Zucchini! Ist das denn die Möglichkeit! Es schmeckte wie gesottene Badematte.
Das übrige Essen war allerdings köstlich. Ich glaube nicht, daß die frühen Siedler, auf deren erstes Erntedankfest dieser Nationalfeiertag zurückgeht, schon etwas Ähnliches auf dem Tisch hatten. Es gab einen riesigen, mit Kastanien gefüllten Truthahn, frische Preiselbeeren und Süßkartoffeln mit Marshmallows (von denen mein Vater zwar behauptet, sie seien klebrig, die mir aber sehr gut schmecken), dann richtigen Kartoffelbrei, Erbsen mit Champignons und Perlzwiebeln in Sahnesoße. Und natürlich die faszinierenden Zucchini.
Als dies Festmahl bereits in vollem Gange war, schob mein Vater die Brille zurück und fragte: »Na, wie schmecken sie?« wobei er sich an niemand im besonderen und an jeden im allgemeinen wandte. Gwen, Livvy und ich tauschten gequälte Blicke aus. Ich schluckte mühsam. »Gut«, murmelte ich. Daphne schaute zu mir herüber und verzog das Gesicht. Ich versuchte, es zu übersehen. Ich mochte meinem Vater nicht sagen, daß das einzig Faszinierende an diesem Zucchinigericht war, wie jeder davon essen und trotzdem überleben konnte. Ich aß, bis ich dachte, ich bekäme keinen Bissen mehr hinunter, und dann, weil schließlich Erntedankfest war, nahm ich noch ein paar Gabelvoll. Als ich fertig war, deckte ich die Zucchini mit einer strategisch geschickt plazierten Serviette zu.
Als alle zufrieden dasaßen und zu vollgestopft waren, um sich zu rühren, sagte Livvy: »Wißt ihr, was ich glaube, was wir an diesem Wochenende tun sollten? Ich glaube, wir sollten Rows Zimmer neu einrichten.«
Ich traute meinen Ohren nicht. Aber so war Livvy. Heraus damit... Direkt... Nicht lange um die Sache herumgeredet! Meine Mutter sah Livvy an. »Rowenas Zimmer ist schön. Es braucht nicht neu eingerichtet zu werden, nicht wahr, Rowena?«

Livvy starrte mich an. Jetzt oder nie. »Nun, ich bin es irgendwie leid...« erklärte ich.

»Warum hast du mir nicht früher gesagt, daß dir dein Zimmer nicht gefällt?« fragte meine Mutter gekränkt.

»Das heißt ja nicht, daß es mir nicht gefällt, nicht direkt«, begann ich, und dann warnte mich eine leise, innere Stimme: *Mach keinen Rückzieher! Behaupte deinen Standpunkt!* »Es ist nur so, daß sich mein Geschmack verändert hat, glaube ich. Ich meine, ich hatte nie Möbel, die mir zuerst gehört haben.« Ich merkte, daß dieser letzte Satz ein bißchen verwirrend klang, aber ich ließ ihn einfach im Raum stehen, quasi über den Zucchini schweben.

»Das ist eure Sache, Mädchen! Vermutlich wirst du ein paar Dinge brauchen«, sagte sie zu mir, und damit begann sie, den Tisch abzuräumen, und ich hielt es für besser, den Mund zu halten, solange ich die Nase vorn hatte. Während ich ihr half, die Reste von den Tellern zu kratzen, blieb mir nicht verborgen, daß anscheinend die Servietten aller — selbst die meines Vaters — strategisch geschickt plaziert waren.

Wir fingen gleich am Freitagmorgen an. Zuerst mußten wir die Tapeten abreißen und die Wände streichen. Endlich bekam ich doch noch meine weißen Wände! Ich gebe allerdings zu, daß mir vorübergehend ein Kloß im Hals saß, als die kleinen, rosa Blüten begannen, von den Wänden zu tropfen, als wären sie in einen Monsunregen geraten. Aber ich war jetzt eine Frau, und ich brauchte ein Zimmer, das mein wahres Ich widerspiegelte. Wir strichen den Raum mit leuchtender Acrylfarbe, die die meisten Unebenheiten und Risse der alten Wände verdeckte.

Am Samstag gingen Livvy, Gwen und ich in einen Laden, der ungestrichene Möbel verkaufte. Ich suchte einen Schreibtisch aus, der nur aus einer Holzplatte auf zwei Chromfüßen bestand. Livvy sah mich zweifelnd an. »Bist du sicher, daß du etwas so

Einfaches haben willst?« fragte sie. »Brauchst du keine Schubladen für all deine Papiere und sonstigen Sachen?«
Ich seufzte. Ich mußte geduldig sein mit den Leuten, bis sie begriffen, daß die neue Rowena Swift eine entschlossene Frau war, die wußte, was sie tat. »Ja, ich bin sicher«, sagte ich nachdrücklich.
Als wir nach Hause kamen, strichen wir den hölzernen Teil des Tisches weiß und überredeten meinen Vater dazu, daß er das eichene Kopfbrett an meinem Bett abnahm, obwohl meine Mutter jammerte, ich hätte nun keine Stütze mehr für meinen Rücken, wenn ich abends im Bett saß und las. Als wir zu dem Punkt gelangten, den Livvy die »Lösung des Fensterproblems« nannte, entschied ich mich gegen Vorhänge.
Einmal mehr sah Livvy mich skeptisch an. »Bist du sicher, Row?« fragte sie wieder.
Und einmal mehr mußte ich bekunden: »Ja, ich bin sicher, Livvy!« Keine Vorhänge, wenigstens so lange, bis ich welche fand, die nicht so aussahen, als gehörten sie Hänsel und Gretel.
Ich deutete nicht einmal an, was ich wirklich gern mit dem Fußboden meines Zimmers gemacht hätte, nämlich ihn weiß zu streichen, wie ich es in einer der Dekorationszeitschriften meiner Mutter gesehen hatte. Statt dessen begnügte ich mich mit einem weißen, zottigen Wollteppich, den wir preiswert bekamen, weil einige der Schlingen aufgegangen waren. Das muß ich Livvy ja lassen, sie ist gewiß eine gute Einkäuferin, auch wenn sie immer wieder versuchte, mich von einigen meiner originellen Ideen abzubringen. Ich glaube, schließlich überzeugte ich sie doch davon, daß ich mich verändert hatte und daß ein extravagant, dramatisch und vollkommen modern eingerichteter Raum mein neues Ich getreulich widerspiegelte. Gwen stiftete ihre alte Frisierkommode, und da sie weiß war, paßte sie gut dazu.

Die einzige, die sich über die Renovierung nicht zu freuen schien, war meine Mutter, und ich ärgerte mich etwas darüber. Dauernd huschte sie herum und fand Platz für Dinge, die ich in meinem Zimmer nicht mehr haben wollte. Offensichtlich konnte man Antiquitäten nicht einfach zum Müll hinausstellen. (Ich glaube, ich könnte schon, aber eine durchschnittliche, antiquitätenhandelnde Mutter konnte das eben nicht.)
Am Sonntag waren wir zwar erschöpft, aber es war vollbracht. Bevor Livvy und Gwen abfuhren, rückten wir alles an seinen Platz und traten zurück, um das Ergebnis zu betrachten. »Es ist noch nicht richtig fertig«, meinte Livvy, »wenn du da oder dort noch ein paar Kleinigkeiten...«
»Vielleicht ein paar orangefarbene Zierkissen...«, murmelte Gwen.
Der Raum erinnerte mich an etwas, aber mir fiel nicht ein woran. Die nüchternen, weißen Wände, das Bett ohne Kopfteil, die nackten Fenster, die Chromfüße des Tisches...
Da tauchte Daphne im Türrahmen auf. »Weißt du, wie das aussieht?« plapperte sie in kindlicher Direktheit. »Damals, als ich mir den Finger verstauchte und wir in die Unfallstation im Krankenhaus mußten, da brachten sie mich in einen Raum wie diesen.«
»Halt den Mund, Daphne«, fauchte ich und schob sie hinaus.
»Das stimmt nicht«, wandte ich mich kleinlaut an Gwen und Livvy, die mit unübersehbar mitfühlenden Mienen danebenstanden.
Und Daphne hatte wirklich nicht recht. Es sah nicht wie ein Sanitätsraum aus. Es sah aus wie eine Zelle in einem Frauengefängnis.

»Stehst du mit Beth immer noch auf Kriegsfuß?« fragte Kate, als wir aus der Französischstunde kamen.
»Hast du das gemerkt?« sagte ich.
»Na, sicher! Sie geht dir doch aus dem Weg wie nur was. Warum eigentlich?«
Ich zögerte einen Augenblick. »Oh, sie hat die alberne Vorstellung, ich hätte versucht, ihr Jimmy auszuspannen.«
»Was? Wer wollte den schon jemandem ausspannen? Ich glaube, den könnte seine Mutter nicht mal verschenken.«
»Meinst du denn, das weiß ich nicht? Aber er hat mich dauernd angerufen und sie sitzenlassen, so ist das.«
Kate betrachtete mich, während wir zum Mittagessen hinuntergingen. »Weißt du, daß du dich verändert hast?«
»Hab ich das?«
»Und ob! Ich weiß nicht genau, woran es liegt, aber du bist nicht mehr so... Na, du weißt schon... So zugeknöpft. Gibt's da was, von dem ich nichts weiß?«
Ich versuchte zu sehen, was für ein Gesicht sie dabei machte, aber sie stand inzwischen vor mir in der Schlange, und alles, was ich von ihr sah, war ihr Hinterkopf.
»Vielleicht«, murmelte ich.
Sie schoß herum und starrte mich an. »Komm, Row! Mir kannst du's doch erzählen!«
Ich holte tief Luft. »Oh, da gibt's nichts zu erzählen. Ehrlich nicht, ich hab' nur Spaß gemacht. Du weißt doch, daß ich ein langweiliges Leben führe.«
Sie sah mich verschmitzt an. »Mir machst du nichts vor. Ich kenne dich schon zu lange. Aber wenn du es geheimhalten willst,

dann werd' ich nicht versuchen, es aus dir herauszulocken. Willst du dich nicht zu uns setzen?« fragte sie und steuerte einen Tisch an, an dem Robin und Marge mit ihrem Mittagessen schon halb fertig waren. So, das hätten wir. Ich bin in ihren engeren Kreis eingeladen worden! Sie trauten mir also zu, eine von ihnen zu sein. Robin schaute belustigt auf, als ich mit Kate an den Tisch kam.
»Oh, hallo, Row«, säuselte sie halbherzig.
»Hallo«, grüßte ich.
»Da hab ich ihm gesagt ›Schwirr ab!‹«, erzählte Marge gerade.
»Wer steht denn darauf?«
Ich machte die Tüte auf, die ich von zu Hause mitgebracht hatte, und packte mein Brot aus: Käse, langweiliger Käse. Meine Mutter hatte wieder vergessen, Aufschnitt zu kaufen. Ich biß einmal ab, dann klappte ich das Brot zusammen und stopfte es in die Tüte zurück. Ich biß in meinen Berliner und nahm einen kräftigen Schluck von meiner Cola.
Es kam mir komisch vor, mit ihnen an einem Tisch zu sitzen, aber irgendwie fand ich es auch aufregend. Ich betrachtete die drei, hörte ihrem Gespräch allerdings kaum zu. Marge erzählte von einer Verabredung, die sie am Samstag abend mit einem aus der Oberstufe hatte, den ich nicht einmal dem Namen nach kannte. Marge war ein etwas herbes Mädchen, mit langer Nase, dunkelbraunen Augen und schwarzem Haar, das sie in dichten Locken trug. Sie gehörte zu jenen, die ihre Frisur alle zwei Wochen ändern. Sie behängte sich ständig mit Unmengen auffallendem Modeschmuck. Ich glaube, sie hielt sich selbst für einen wilden, stürmischen Typ: Marge Redfield, die Zigeunerin von Hillsdale.
Robin war etwas unaufdringlicher, mit rotblondem Haar und kleinen, hellblauen Augen, aber immer pfundweise Schminke im Gesicht. Von den dreien war Kate entschieden die hübscheste. »Was meinst du dazu, Row?« wollte Kate wissen.

Einen Augenblick lang starrte ich sie sprachlos an. »Wozu?«
»Zu ihrer Nase?« sagte Kate und nickte zu Marge hinüber.
»Es tut mir leid, ich hab grad an was anderes gedacht. Was ist mit deiner Nase?« fragte ich und bemühte mich, interessiert zu klingen.
»Meine Mutter möchte, daß ich sie loswerde.«
»Was?«
»Meine Mutter möchte, daß ich sie loswerde. Du weißt schon, daß ich mir eine Nasenkorrektur machen lasse.«
»Aber warum? Deine Nase ist doch prima...«, meinte ich, dann versagte mir jedoch plötzlich die Stimme, als ich zum erstenmal merkte, daß Marges Nase eine ausgeprägte Ähnlichkeit mit der von Barbra Streisand aufwies.
»Es ist die Nase meiner Mutter — deshalb will sie, daß ich sie loswerde.«
Verwirrt schüttelte ich den Kopf. Ich wußte zwar, daß diese Mädchen ein bißchen komisch waren, aber jetzt klangen mir allmählich die Ohren.
»Erklär es Row«, sagte Kate, »sie weiß nicht Bescheid über deine Mutter und Nasen.«
»Weißt du«, sagte Marge und seufzte tief dabei, »meine Mutter hatte genauso eine Nase.« Sie drehte sich ins Profil, damit wir in den vollen Genuß dieses Anblicks kamen. »Aber sie hat sich ihre Nase operieren lassen, als sie achtzehn war. Damals hat sie geglaubt, daß sie ihre Nase ein für allemal los wäre, aber da ist sie wieder, und meine Mutter scheint zu glauben, daß ich sie mir absichtlich wachsen lasse, nur um sie zu ärgern.«
»Aber wenn es dich nicht stört, warum soll es dann deine Mutter stören? Das ist nicht fair«, erwiderte ich.
»Natürlich nicht«, stimmte Kate zu, »aber wer hat denn jemals von einer Mutter gehört, die fair ist? Schon mal versucht, deiner Mutter klarzumachen, wie behaglich und gemütlich du es findest, deine schmutzige Wäsche bei dir im Zimmer zu be-

halten, zum Beispiel unterm Bett oder so? Aber nein! Sie muß hinaus und in einen Wäschekorb. Was kannst du da schon machen? Sie hängen halt an ihren alten Zöpfen.«
»Hallo, Kate!« Wir blickten hoch und sahen Ronnie Peters, der wie ein Turm vor uns aufragte. »Schaust du uns beim Training zu?«
»Vielleicht«, meinte sie, schaute zu ihm auf und lächelte. »Das kommt drauf an.«
»Ich hab den Wagen dabei. Wir können nachher wohin fahren.«
»Okay!«
»Warum kommt ihr denn nicht alle?« fragte er nach einem flüchtigen Blick auf die Tischrunde. »Meine Leute sind weg, wir könnten eine Clique zusammentrommeln und zu mir nach Hause fahren.« Mir blieb die Spucke weg, und ich sagte nichts. Nachdem er gegangen war, brachen sie in Gekicher aus.
»Meinst du, Larry kommt auch?« fragte Marge.
»Ich weiß nicht«, antwortete Kate. »Warum hast du ihn nicht gefragt?«
»Das konnt ich ihn doch nicht fragen, du Dummkopf!«
»Willst du mitkommen, Row?« wandte sich Kate an mich.
»Oh, nein! Ich will mich nicht aufdrängen.«
»Na, komm schon, du drängst dich doch nicht auf.«
»Zwing sie nicht, wenn sie nicht mitkommen will«, spöttelte Marge. »Vielleicht hat sie was Besseres vor.«
»Hast du, Row?« fragte Kate.
»Nein, das nicht...«
»Na, dann komm doch mit!« sagte sie leicht gereizt.
»Okay!«
»Bravo, Mädchen! Ich wußte doch, daß du dich verändert hast.«
Wir standen auf und gingen. »Bis später«, sagte ich und warf beim Hinausgehen mein Käsebrot weg.

»Wiedersehen«, rief mir Kate nach. »Vergiß es nicht, um drei in der Turnhalle!«

Nach der letzten Stunde ging ich in den Waschraum und betrachtete mich im Spiegel. Hoffnungslos! Ich hätte ein bißchen Make-up mitnehmen sollen. Genau in diesem Augenblick kam Robin herein. »Hallo«, nickte ich, während ich meine Haare mit einer Bürste bearbeitete und versuchte, etwas Brauchbares aus ihnen zu machen.

Robin blickte auf mein Spiegelbild. »Du malst dich selten an, nicht wahr, Row?«

»Naja, manchmal schon... Ich hab' bloß heute nichts dabei.«

Sie begann, noch eine Schicht Wimperntusche aufzutragen. »Bedien dich!« sagte sie und schob mir ein zum Bersten volles Kosmetiktäschchen zu. Ich schaute hinein. Der Inhalt bestand aus einem triefenden Make-up-Schwamm, drei verschiedenen Lidschatten, Eyeliner, brauner Wimperntusche (sie benutzte gerade die schwarze) und vier Sorten Lippenglanz: Wilde Erdbeeren, Himbeervergnügen, Traubenhimmel und Lockende Kirschen. Natürlich konnte ich in dieser Clique nicht mit nacktem Gesicht herumlaufen, also trug ich etwas blauen Lidschatten, einen Hauch Wimperntusche und ein bißchen Lippenglanz auf, mit dem ich nach Himbeermarmelade roch.

»Fertig?« fragte Robin.

»Fertig«, antwortete ich.

»Weißt du, was du machen solltest?« meinte sie und studierte dabei mein Gesicht, als wäre es eine Weltkarte, auf der sie gerade Jugoslawien suchte. »Du solltest um die Augen herum silbernen Eyeliner probieren. Das bringt sie besser zur Geltung.«

Ich nickte gehorsam, und dann folgte ich ihr in die Turnhalle, wo die anderen schon hoch oben auf den Zuschauerbänken saßen. Da hockten wir also, wir vier: Robin, Kate, Marge und ich, und unten tummelte sich das gesamte Basketballteam. Ich

meinte, der Trainer wäre nicht allzu glücklich über unsere Anwesenheit, aber als ich das Marge gegenüber erwähnte, sagte sie nur: »Nein, das stört ihn nicht. Wir spornen die Jungs doch an. Das hebt die Moral der Mannschaft.«
Es dauerte ein paar Minuten, bis ich merkte, daß einer der Jungs, die wir anspornten, Jimmy Dennison war. Er sah mich und winkte. Robin drehte sich um und schaute mich unübersehbar entsetzt an. »Bist du mit dem befreundet?« fragte sie.
»Nein, natürlich nicht«, erklärte ich rasch. Das stimmte zwar, und dennoch kam ich mir ziemlich erbärmlich vor, während ich es sagte. Schließlich war Robin nicht gerade meine beste Freundin. Da fiel mir ein, daß ich im Augenblick gar keine beste Freundin hatte. Das Gefühl, das mich dabei überkam, behagte mir nicht.
Das Training war recht langweilig, aber schließlich war es zu Ende, und Ronnie stolzierte, schweißtriefend und seine Wasserflasche fest an sich gepreßt, zu uns herüber. »Wir sehn uns draußen«, rief er Kate zu, und sie nickte.
»Ich glaub nicht, daß er uns alle erwartet«, sagte ich im Tonfall einer mahnenden Mutter.
Kate sah mich an und seufzte. »Hör endlich auf, dir darum Sorgen zu machen, Row! Niemand braucht eine schriftliche Einladung, um zu Ronnie zu gehen. Nicht, wenn seine Eltern fort sind. Er hat wahrscheinlich die halbe Schule eingeladen!«
Als wir Ronnie draußen trafen, verstand ich, was Kate gemeint hatte. Überall kletterten junge Leute in Autos rein und riefen: »Wir sehn uns bei dir!« oder »Ich fahr hinter dir her!« oder »Wie war die Adresse noch?« Zu siebt quetschten wir uns in Ronnies Wagen. Ich saß vorn neben Kate, sie natürlich auf dem Ehrenplatz neben dem Fahrer. Hinten waren Billy, Marge, Robin und Joe. Ich war das überzählige Mädchen! Nein, nicht mehr, sagte ich mir rasch. Ich gehörte dazu, weil sie es so wollten. Sie wollten mich kennenlernen, weil ich eine neue Bonnie

Sue war, weil Alan Phillips und ich... Der Gedanke ließ mich schaudern. Als wir bei Ronnie ankamen, stieg ich schnell aus und lief ins Haus. Ich stand einen Moment verlegen an der Tür, und dann, als Kate und die anderen Ronnie in die Küche folgten, ging ich auch mit.

»Pizza! Wer will 'ne Pizza?« brüllte Ronnie, als er ein paar tiefgefrorene Pizzas in den Ofen schob. Jemand reichte mir eine Cola. Ronnie und die meisten der anderen Jungen machten Bierdosen auf.

Zuerst stand ich bloß da, lehnte am Kühlschrank und lachte, wenn alle anderen auch lachten. Dann merkte ich, daß ich direkt neben Brad McKenna stand. Brad war aus der Oberstufe, wie Ronnie, und sah gar nicht übel aus. Er wandte sich einen Augenblick lang mir zu, als ob er etwas sagen wollte, aber da rief ihn jemand, und er drehte sich weg und begann zu lachen, über irgend etwas, das ich nicht gehört hatte. Ich versuchte, mich von da, wo ich gerade stand, unauffällig fortzubewegen. Jemand anderes sollte diesen Platz bekommen, jemand, mit dem Brad McKenna vielleicht gern redete... Nein! Ich mußte aufhören, so zu denken. Wenn sie alle an mich glaubten, dann mußte ich selbst auch an mich glauben. Ich mußte einfach...

Ich zupfte an seinem Ärmel. »Was ist denn so lustig?« fragte ich mit einem Anflug meines Mona-Lisa-Lächelns, das ich noch zu vervollkomnen suchte.

Er griff herüber und zog mich in die andere Gruppe hinein. »Mach's noch mal, Billy«, rief er, und Billy Watson, der Komiker der Schule, brachte eine seiner Parodien auf den stellvertretenden Rektor.

Es war lustig, aber ich war noch zu fassungslos und entsetzt, um Gefallen daran zu finden. War das wirklich ich, Rowena Swift, hier im Arm von Brad McKenna? Wie ist das alles nur geschehen? Es war wie ein Wunder. Es war alles so leicht, wenn man den Dreh erst mal herausgekriegt hatte!

Kate kam mit Ronnie vorbei und rollte mit den Augen, als wollte sie sagen: »Ein schöner Fang!« Ronnie war unser Basketballstar und mindestens einsfünfundachtzig groß. Ich sah Brad an. Er war kaum einsachtzig. Als er sich noch ein Bier holen ging, schlenderte ich zu Kate und Ronnie hinüber. »Du bist auf dem Spielfeld großartig anzusehen«, schwärmte ich, wieder mit dem bewußten Lächeln.

»Du warst beim Training, nicht wahr?« fragte er und lächelte zu mir herunter.

»Ja, das war ich. Daß du das überhaupt gemerkt hast?«

»Doch, das hab ich«, versicherte er. Ich stellte fest, daß er eigentlich gar nicht besonders gut aussah. Nicht so attraktiv wie Brad, aber er war größer, und er war eben jemand. Das zählte in Hillsdale eine Menge.

»Bei den Spielen hab' ich dich nicht gesehen, glaub' ich.«

»Oh, ich war aber dort. Du warst nur zu beschäftigt, um mich zu bemerken«, lachte ich fröhlich.

»Tja, ich hab ganz schön zu tun...« meinte er.

»Bist du sicher, daß du deine Eltern angerufen hast?« fragte Kate und sah mich wütend an. »Du willst doch keinen Ärger kriegen, Row! Du weißt ja, sie sind es nicht gewöhnt, daß du weg bist.« Wie betäubt sah ich Kate an. Oh Gott, ich hab's geschafft! Jetzt war Kate wirklich eingeschnappt.

»Keine Sorge«, beruhigte ich sie. Ich konnte nicht widerstehen, Ronnie ein Abschiedslächeln zuzuwerfen, aber ich räumte das Feld und kehrte schleunigst zu Brad zurück.

»Wo warst du denn?« fragte er, streckte den Arm nach mir aus und zog mich wieder zu sich.

»Bloß da drüben«, antwortete ich und nickte in die Richtung von Kate und Ronnie, wich aber dabei ihren Blicken aus. Als ich einige Minuten später Kate ins Badezimmer gehen sah, wartete ich in der Diele auf sie.

»Hallo«, begann ich, »wart 'nen Augenblick!«

»Ja?« fragte sie mit dem falschesten Lächeln, das ich je in meinem Leben gesehen hatte.
»Sei nicht sauer«, bat ich. »Es tut mir leid.«
Sie stieß einen langen Seufzer aus, und ich wußte, daß wieder alles in Ordnung war, sie war mir nicht wirklich böse. »Okay, Row, aber mach's mal halblang! Du bist ein bißchen zu weit gegangen, weißt du?«
Ich nickte und zog mich ins Klo zurück. Das ist gerade noch einmal gutgegangen mit Kate. Schlimm genug, daß Beth nicht mehr mit mir redete. Aber wenn Kate sich ihr anschloß, würden Robin und der übrige Klüngel mich ebenfalls schneiden. Bald hätte ich dann die ganze Schule gegen mich. Das mußte ich geschickter in die Hand nehmen.
Ich ging zu Brad zurück und verbrachte die nächste Stunde damit, nett zu ihm zu sein, und als wir abfuhren, saßen Ronnie und Kate vorn und Brad und ich hinten im Wagen. Sofort legte sich sein Arm um mich, und in der Dunkelheit des Autos empfand ich es irgendwie anders als vorhin. Ich weiß nicht warum, aber jetzt war es mir unangenehm. Vielleicht lag es an dem Biergeruch, mit dem er mich ständig anhauchte. Sobald wir die Landstraße erreichten, beschleunigte Ronnie, und Kate begann zu kichern. Je mehr Kate kicherte, um so schneller fuhr Ronnie. Auf dem Weg zu Brads Haus kamen wir zum Windmill Lane hinaus. Das ist eine gewundene, schmale Straße, aber statt abzubremsen, fuhr Ronnie nur noch schneller. Eine der Haarnadelkurven nahmen wir auf zwei Rädern, und einer riesigen Eiche entgingen wir nur um wenige Zentimeter.
»Mann, ist das 'ne klasse Fahrt!« johlte Brad. Sie waren verrückt! Ich fragte mich, wieviel Bier Ronnie wohl getrunken hatte.
Endlich erreichten wir Brads Haus, und er lockerte seine Umklammerung. Aber als er es tat, beugte er sich herüber und gab mir einen nassen, schmaddernden Kuß. Ich wich zurück. Er

sah mich verdutzt an. Während er ausstieg, versuchte ich zu lächeln, aber ich weiß, daß es mir nicht so ganz gelang. Falls Brad verdutzt war, so war ich es auch. Ich fühlte mich elend. Was stimmte nicht mit mir? War das nicht das, was ich gewollt hatte? Brad und Ronnie waren aus der Oberstufe, und die meisten Mädchen, die ich kannte, wären begeistert gewesen, hätten sie in meiner Haut gesteckt. Warum konnte ich denn nicht einfach locker bleiben und die Vorzüge meiner kleinen Maskerade genießen? Die alte Rowena Swift hätte diese Gelegenheit nicht gehabt. Aber irgendwie schien mir alles so doof — die Trinkerei, die verrückte Fahrt...

Als wir endlich in der Heathfield Road ankamen, kletterte ich dankbar aus dem Wagen und widerstand nur mit Mühe dem Wunsch, niederzuknien und den Boden zu küssen. »Ich geh zu Fuß hinauf«, sagte ich.

Kate behandelte Ronnie, als hätte er soeben den Grand Prix gewonnen. War es meinetwegen? Mit zitternden Knien und verlaufener Wimperntusche stieg ich den Hügel hinauf. Aber eins war jetzt anders. Ich roch nicht mehr nach Himbeermarmelade. Jetzt roch ich nach Bier.

Für Dienstag mittag hatte Renee den Festausschuß zu einer Versammlung in die Cafeteria einberufen. Beth war da, und Jimmy ebenfalls. Beth stierte durch mich hindurch, als wäre ich gar nicht vorhanden, und Jimmy starrte mich an, als wäre ich die Venus von Milo. Es war ungeheuer komisch.

Zehn Minuten später als alle anderen hielt Renee ihren Einzug.

Sie trug einen purpurroten Rollkragenpulli, dieselben purpurroten Jeans und einen purpurroten Poncho, der ihr bis unter die Knie hing. »Wie läuft's?« fragte sie in die Runde.
»Wunderbar«, sagte Gary mit beißendem Spott. »Ich hab neun Karten verkauft und Row glaube ich...«
»Vier«, gestand ich kleinlaut.
»Heh, legt mal 'nen Zahn zu!« mahnte sie. »Wir haben nur noch zwei Wochen Zeit. Wie sieht's mit Erfrischungen aus? Ginger?«
»Nun«, sagte Ginger gedehnt und furchte die Stirn, als wäre sie soeben gebeten worden, Einsteins Relativitätstheorie zu erklären, »ich habe Cola bestellt.« Mitleidig blickte sie auf Jimmy. »Und ich habe eine zusätzliche Menge für dich bestellt, Jimmy, wegen deines... Na, du weißt schon, wegen deines Problems mit der Transpiration.« Alle prusteten vor Lachen, aber Ginger fuhr fort: »Und es gibt Brezeln und Kartoffelchips, und einige Eltern machen belegte Brote...«
»Okay, Ginger, das ist fein«, fiel ihr Renee ins Wort. »Aber ich meine, außer Cola sollten wir noch einen Punsch aus Traubensaft haben. Den werden wir Astronauten-Punsch nennen. Sieh mal zu, ob du ein Rezept auftreiben kannst.«
»Jawohl, Renee«, sagte Ginger gehorsam.
»Jetzt laßt euch mal über die Dekoration aufklären«, fuhr sie fort. »Die Sache hat einen Haken, falls also einige von euch erwartet haben, daß wir die Wände mit Alufolie verkleiden, vergeßt es! Zu teuer! Was wir allerdings machen könnten, ist, die Wände mit purpurrotem Kreppapier zu beziehen.«
»Oh mein Gott!« hörte ich Gary rufen. »Ist das Weihnachten oder Fastenzeit?«
Sie überging ihn. »Wir werden die Silberfolie für die besonderen Akzente verwenden. Für Sterne, Kometen und solches Zeug. Oh, und ich glaube, wir sollten den Leuten sagen, daß sie entweder in Purpurrot oder in Silber zu erscheinen haben.«

Allgemeiner Widerspruch. Schließlich kamen wir überein, daß die meisten Mädchen Röcke tragen wollten, um festlicher zu sein, daß alle aber dazu ermutigt werden sollten, sich so ausgefallen wie möglich anzuziehen.

»Noch etwas«, schloß Renee, »wir haben noch immer keinen gefunden, der unsere Aufsicht übernimmt. Mr. Watson, Miss Palmer und Mrs. Rubin haben abgelehnt. Ich versuch's weiter, aber wenn ihr Vorschläge habt, laßt es mich wissen.«

»Okay, ich glaub, das wär's!« gab Beth als einzigen Beitrag zu dieser Versammlung von sich. Eine schöne Vorsitzende!

Ich stand auf und wollte gehen, als Gary mich am Arm zurückhielt. »Wart mal, Row«, bat er. »Gehst du schon mit wem zur Party?« Ich schüttelte den Kopf.

»Willst du mit mir gehen?« fragte er. Ich nickte.

»Großartig!« strahlte er. »Bis später!« Da war er auch schon draußen, und ich marschierte in die Turnhalle. Erst als ich mich in mein Turnzeug zwängte, kam es mir voll zum Bewußtsein: Ich hatte für die Party eine Verabredung! Natürlich, mir war klar, warum er mich eingeladen hatte, und irgendwie kränkte mich das ein bißchen, aber es störte mich nicht ernsthaft. Ich mochte Gary Finch — und ob ich nun Bonnie Sue Detweiler oder Rowena Swift war, ich hatte endlich eine Verabredung!

Am Mittwoch bat mich Alan, nach der Englischstunde noch einen Augenblick dazubleiben. Als ich meine Bücher einsammelte, konnte ich nicht umhin, mich zu fragen, warum er mich diesmal sprechen wollte. Suchte er wirklich nur einen Vorwand, um mit mir zu reden? Ich spürte, daß ich schon wieder rot wurde, als ich zu seinem Pult ging. Das Treiben um uns herum erlahmte unmerklich. Schüler, die noch kurz zuvor zur Tür hinausgerannt waren, hatten plötzlich Bleistifte vergessen oder bückten sich, um Schnürsenkel zu binden, und eine, Mary Ellen McCaffrey, stellte sich sogar direkt hinter mir an, um auch noch mit Alan zu reden.

Plötzlich, als ich ihm Auge in Auge gegenüberstand, kam mir der Gedanke, daß Alan der einzige Mensch an der ganzen Schule war, der wußte, daß das Gerücht nicht stimmte. War es ihm zu Ohren gekommen? War die Hillsdale High School so klein, so engmaschig? Unwillkürlich wich ich vor ihm zurück. War es *das,* worüber er mit mir sprechen wollte?
»Rowena«, hörte ich ihn in meiner Einbildung sagen, »diese Gerüchte, die da in Umlauf sind, sind lächerlich. Schlimmer noch, sie sind verleumderisch. Ich könnte meinen Job verlieren! Ich berufe heute nachmittag in der Aula eine außerordentliche Versammlung für die ganze Schule ein, um den Schwindel aufzudecken, den du dir geleistet hast, auf Kosten der Schule, auf Kosten meines guten Namens, auf Kosten...«
»Rowena!« Er lächelte. »Du bist nicht ganz da, nicht wahr?«
»Oh, es tut mir leid, Mr. Phillips.«
»Schon gut. Ich wollte dir nur sagen, wie sehr ich mich über dein letztes Gedicht gefreut habe, über das, das ›Sonnenlicht‹ heißt. Es war wirklich ausgezeichnet. Mach nur so weiter!«
»Oh, uh, danke!« murmelte ich, drehte mich um und taumelte zwischen den bereits zur nächsten Stunde hereinströmenden Schülern hinaus. Die bloße Vorstellung, daß das Gerücht Alan Phillips tatsächlich erreichen könnte, war zu schrecklich. Warum hatte ich diese Gefahr nicht früher erkannt?
An diesem Nachmittag saß Kate auf der Heimfahrt im Bus neben mir. »Gehst du am Freitag abend ins Varieté?« fragte sie.
»Ich weiß es noch nicht«, antwortete ich ehrlich.
»Komm mit! Wir gehen alle. Ich sag ihnen, sie sollen uns zwei Plätze aufheben, okay?«
Es tat gut, in ihre Pläne einbezogen zu werden, jemand zu haben, dem daran lag, ob ich irgendwohin ging oder nicht. Aber warum freute ich mich nicht mehr darüber? Zweifellos kam ich jetzt besser an. Solange ich eine von *ihnen* war, beachteten

mich die Jungs, lungerten in unserer Nähe herum und redeten mit mir. Aber seit dem Abend bei Ronnie fühlte ich mich sehr verwirrt.

Am Freitag schaute ich in den Spiegel und haßte das, was ich sah. Es war erstaunlich, daß mich so viele Leute für attraktiv hielten. Mein Haar war stumpf, ich hatte unreine Haut, und ich trug immer noch meine Zahnspange. Dr. Barclay machte nur leere Versprechungen. »Bald, Rowena, bald kommt sie runter«, sagte er zwar dauernd, aber sie war immer noch dran. Auf einmal hatte ich alles satt. Ich beschloß, etwas mit mir zu unternehmen. Ich war drauf und dran, eine von *ihnen* zu werden, also tat ich gut daran, auch danach auszusehen.

Ich nahm mein Haar auf einer Seite zurück und steckte einen Kamm hinein, wie ich es auf einem Bild in einer Zeitschrift gesehen hatte. Damit sah ich tatsächlich irgendwie lässig und ein bißchen sinnlich aus. Dann benutzte ich den silbernen Lidschatten und verrieb ihn sorgfältig sowohl unter dem Auge als auch auf dem Lid. Das Ergebnis war ein etwas rauchiger, verschwommener Blick, so mit dem Anschein von »Stille Wasser sind tief« und all dem Quatsch. Dann trug ich drei Lagen Wimperntusche auf und ein wenig Lippenglanz *Reife Pflaume*. Das war zwar ein Fortschritt, aber meine Pickel hatte ich immer noch. Also kramte ich meine Make-up-Grundierung heraus, die ich vor zwei Jahren gekauft und nie benutzt hatte. Sorgfältig tupfte ich sie auf die Pusteln, und dann verrieb ich noch ein bißchen mehr auf den übrigen Stellen, damit ich nicht so gepunktet aussah. (Ich weiß zwar, daß man eigentlich mit der Grundierung anfangen sollte, und ich machte es genau umgekehrt, aber das war eben der Widerspruchsgeist in mir!)

Als ich die Treppe hinunterging, las meine Mutter gerade Zeitung, und ich sah, wie ihr das Blatt in den Schoß flatterte, während ich an ihr vorüberschritt. »Rowena, was hast du bloß mit dir gemacht?« fragte sie.

Ich versuchte es mit meinem Ich-habe-nicht-die-leiseste-Ahnung-wovon-du-sprichst-Blick, aber der klappte bei meiner Mutter schon für gewöhnlich nicht und jetzt ganz bestimmt nicht. »Nur für die Show«, log ich. Eigentlich war es ja gar keine Lüge. Es war wirklich für die Show, aber nicht für die, die ich meine Mutter glauben machen wollte.
»Warum mußt du wie eine... Wie eine Na-du-weißt-schon-was aussehen, um ins Varieté zu gehen?« fragte sie. Dann trat auf einmal echte Besorgnis in ihr Gesicht. »Oh, Liebling, was für eine Show veranstalten denn die Abiturienten in diesem Jahr? Ich hab' in der vergangenen Woche im *Time Magazine* über diese High School da in Kalifornien gelesen, in der sie... Oh, Liebling...«
»Nein, nein, Mom, ehrlich! Es ist nicht so was. Ich wollte nur heute abend mal anders aussehen, okay?«
Sie stand auf, um die Autoschlüssel zu holen, und schenkte mir eines ihrer Ich-bin-deine-Mutter-und-werde-dich-lieben-was--auch-immer-geschieht-Lächeln. »Das bist einfach nicht *du*, Rowena! Vergiß nicht: Sei dir selber treu... Du kannst nicht falsch sein gegen irgend wen...«
Die Hand schon auf der Türklinke, zögerte ich einen Moment. »Das ist wirklich gut, Mom! Hast du dir das eben einfallen lassen?« Ich sah ihr Lächeln schwinden und setzte schnell mein Klein-Mädchen-Lachen auf. »Hab dich bloß aufgezogen. Mom! Ehrlich! Komm jetzt, beeilen wir uns lieber, sonst verpasse ich noch den Anfang.«
Kate und ich fanden Robin und Gina in der dritten Reihe. Als wir uns zu den Sitzen durchzwängten, die sie für uns freigehalten hatten, blickte Robin zu mir auf und staunte: »Hallo, du siehst ja umwerfend aus. Was hast du mit dir angestellt?«
Ich strahlte, aber dann beschlichen mich leise Zweifel. Daß meine Mutter meine Aufmachung abscheulich fand, war noch ein gutes Zeichen, aber daß Robin mir sagte, ich sähe umwerfend

aus, bedeutete vielleicht, daß ich wie ein Pfingstochse aussah.
Es gab ein paar großartige Szenen im Programm, und jedesmal, wenn eine zu Ende war, führten Kate und Gina den Beifall mit Füßegetrampel und Bravorufen an, und einmal, als drei Jungs »There Is Nothing Like a Dame« sangen, stieß Robin einen Pfiff aus, der noch am anderen Ende der Stadt zu hören war. Ich sank tiefer und tiefer in meinen Sitz. In der Pause gingen wir hinaus und holten uns Cola. Auf dem Rückweg sah ich Gary einige Reihen hinter uns sitzen. Ich fragte mich, wie er ihr Benehmen wohl fand. Da fiel mir ein: Es war ja *unser* Benehmen! Ich gehörte jetzt zu ihnen. Er sah mich und winkte, ich winkte zurück.
Dann entdeckte ich Alan Phillips, der mit einigen anderen Lehrern in der ersten Reihe saß. Er war in ein Gespräch mit einer sehr hübschen Frau vertieft, die ich noch nie gesehen hatte. Ich fühlte einen Stich in meinem Innern. Wer war sie? Eine neue Lehrerin vielleicht? Oder hatte er sie heute abend mitgebracht? Wenn ja, was würde dann jedermann denken? Das beunruhigte mich während der ganzen zweiten Hälfte der Show.
Als der Vorhang endgültig fiel, bahnte sich Gary einen Weg zu mir herüber, aber er hatte kaum »Hallo« gesagt, als Renee aufkreuzte.
»Hallo, Leute! War das nicht toll? Ihr hättet hinter der Bühne sein sollen«, schwärmte sie. »Das ist ja so aufregend!« Dann fuhr sie ohne Atempause fort: »Wißt ihr, wer das ist?« Sie deutete auf die Frau, neben der Alan gesessen hatte. Die beiden standen jetzt und steuerten langsam den Gang zwischen den Sitzreihen an. Es war offensichtlich, daß sie miteinander hier waren, und ich spürte, wie ich zusammensackte. Er war neu in der Stadt. Warum mußte er hingehen und sich jemand einladen? Gary sah Alan und dem Mädchen nach, während sie den Mittel-

gang entlangschritten, dann wanderte sein Blick zu mir zurück. Was mochte er jetzt denken?

»Wer ist sie denn?« fragte er Renee.

Seine Schwester! hoffte ich verzweifelt.

»Das ist Gail Tracey«, verkündete Renee mit der zufriedenen Miene eines Menschen, der soeben eine äußerst rare Information aufgestöbert hat. »Sie ist gerade von Kansas City eingeflogen. Sie ist Mr. Phillips' Verlobte.«

Ich glaube, ich hatte mich bei dieser Neuigkeit sehr gut in der Hand. Ich fiel nicht in Ohnmacht, ich schrie nicht auf, ich rannte nicht wie wild aus dem Saal, und ich zog auch auf keine andere Art die Aufmerksamkeit auf mich. Ich nahm nur einen sehr großen Schluck Cola und versuchte, mein Mona-Lisa-Lächeln für Gary aufzusetzen.

»Und ratet mal, was noch?« fuhr Renee fort. »Ich hab die beiden dazu gebracht, daß sie bei der Weihnachtsfeier unsere Aufsicht übernehmen!«

Als sie zuletzt gesehen wurde, bespuckte sich Mona Lisa gerade von oben bis unten mit Cola.

Im Laufe der nächsten Woche dachte ich sehr viel darüber nach, was mit mir vorging, wobei ich die Vorteile und vor allem die Nachteile dessen, daß ich die neue Bonnie Sue Detweiler war, gegeneinander abwog. Und so sah anschließend meine Punkteliste aus:

Vorteile:

1. Ich habe eine Verabredung für die Weihnachtsfeier.

Nachteile:
1. Meine beste Freundin, Beth, redet nicht mehr mit mir.
2. Ich ziehe jetzt mit *denen* herum — mit Robin, Kate, Gina und Marge — und ich merke langsam, daß ich absolut nichts mit irgendeiner von ihnen gemeinsam habe.
3. Ich habe kein altmodisches Viktorianisches Zimmer mehr, das mit Erinnerungen an meine Kindheit vollgestopft ist; jetzt habe ich einen keimfreien, sterilen Raum, der aussieht, als wäre er für ein Wattestäbchen entworfen worden.
4. Ich ducke mich jedesmal ängstlich, wenn ich in die Englischstunde gehe oder Alan Phillips auf dem Gang sehe. Ich rechne damit, daß das Gerücht ihn jeden Tag erreichen kann und er mir gehörig den Marsch blasen wird.
5. Ich weiß, es ist völlig ausgeschlossen, daß irgend jemand meint, ich könnte es mit Gail Tracey aufnehmen. Früher oder später kriegt Kate die Wahrheit heraus, und dann wird sie mir den Marsch blasen.

Die Sache mit Gail Tracey ließ mich nächtelang nicht schlafen. Sie machte die ganze Angelegenheit zu unglaubwürdig. Dann, eines Nachts, meinte ich, ich hätte eine Lösung gefunden: Ich war eben nur ein Spielzeug für ihn, solange er von seiner großen Liebe getrennt war. Jetzt, nachdem sie aufgekreuzt war, war ich abgemeldet.

Ich könnte ein paar Tage elend und verlassen aussehen, und die ganze Sache wäre vergessen. Zuerst gefiel mir diese Idee wirklich. Ich ging sogar so weit, daß ich meine beste Elendsausstattung — den Tweedrock mit dem grauen Pullover — aus dem Schrank holte. Die habe ich immer gehaßt, weil ich darin wie eine graue Maus aussehe, aber ich malte mir aus, daß das jetzt genau das Richtige wäre.

Aber dann fragte ich mich, ob Gary wohl eine graue Maus eingeladen hätte, mit ihm auf die Party zu gehen. Ich wollte mir das einzig Gute, das bei diesem Verkleidungsspiel herausgekommen war, bewahren, also stopfte ich Rock und Pullover wieder zurück in den Schrank.

Ich hatte mir angewöhnt, den Steckkamm und das Augen-Make-up in die Schule mitzunehmen und mich vorm Unterricht im Waschraum zurechtzumachen. Ich kann ehrlich nicht behaupten, daß mir mein neues Ich gefiel — weder wie ich aussah noch wie ich mich benahm — aber anscheinend blieb mir nichts anderes übrig. Und je mehr ich mit *denen* herumzog, desto mehr vermißte ich Beth. Wenn Beth und ich zusammen waren, stand ich nie unter dem Druck, schlagfertig sein zu müssen, und ich mußte nie so tun, als fände ich etwas lustig, wenn ich es nicht wirklich lustig fand. Wir waren einfach wir selbst. Aber sie schnitt mich noch immer, wenn wir uns auf dem Gang trafen, und eines Tages setzte sie sich sogar lieber neben Ginger Wilson als neben mich.

In der Woche vor Weihnachten kam ich wie gewöhnlich am Montag morgen in die Englischstunde. An der Tür blieb ich einen Augenblick stehen und überlegte, ob ich mich neben Wendy Dobbs oder neben Joane Slater setzen sollte. (Beth war gerade in ein Gespräch mit Ginger vertieft.) Da sah ich, daß mir Gary winkte, ich sollte mich auf den freien Platz neben ihm setzen. Ich zögerte eine Sekunde, dann ging ich hinüber und setzte mich neben ihn. Ich drehte mich zu ihm und lächelte ihn an. Es fiel mir immer leichter. Nur daß bei Gary das Lächeln nicht aufgesetzt war. Ich mochte ihn wirklich gern und wünschte mir bloß, daß er für mich dasselbe empfände. Für mein wahres Ich, meine ich.

Alan kam herein und stürzte sich in einen langen Vortrag über Chaucer. Ich starrte auf meinen Tisch hinunter. Das war eine Gewohnheit, die ich in jüngster Zeit angenommen hatte. Dabei bestand keine Gelegenheit, daß sich unsere Blicke trafen. Jemand hatte »Dorrie 1974« in die Ecke des Tisches geritzt, und ich studierte diesen armseligen Versuch der Unsterblichkeit.

»Row-ena?« rief Alan ungeduldig. Erschreckt blickte ich auf.
»W-was?« stotterte ich. In der nächsten Reihe kicherte jemand, und ich spürte, daß ich rot wurde.
»Rowena, wo hast du in letzter Zeit bloß deinen Kopf? Ich weiß ja, daß Poeten angeblich Tagträumer sind, aber übertreibst du nicht ein bißchen? Tch-tch, da muß die Liebe dahinterstecken«, sagte er, schüttelte mit gespieltem Ärger den Kopf und lächelte dabei. »Mary Ellen, weißt du die Antwort auf meine Frage?« fuhr er fort.
Ich schlug mein Buch auf und tat so, als suchte ich die Antwort. Dadurch konnte ich den Blicken um mich herum ausweichen. Was mochten sie bloß alle denken? Was, wenn jemand eine Bemerkung machte, wie sollte ich darauf reagieren? Ich wagte nicht, Gary anzuschauen. Irgendwie war das, was er dachte, am allerwichtigsten.
Endlich war die Stunde vorüber, und ich stürzte zur Tür, als ich Gary neben mir bemerkte. »Verkaufst du noch Karten?« fragte er.
»Nein«, antwortete ich. »Ich glaub, die meisten zahlen erst am Eingang.«
»Klar«, meinte er und hielt mir die Tür auf, »aber Renee hat vor der Cafeteria ein Schild aufgestellt und möchte, daß wir morgen und übermorgen dort Karten verkaufen. Sie sagt, das wäre eine gute Werbung für die Veranstaltung. Ich hab mir überlegt... Möchtest du, daß wir es zusammen machen, oder ist es dir lieber, wenn jeder einen anderen Tag nimmt?«
Ich wußte nicht, was ich sagen sollte. Mir war so schrecklich zumute, und Gary war so nett zu mir. Würde er auch so nett sein, wenn er wüßte, was für eine Heuchlerin ich war?
»Nehmen wir lieber jeder einen anderen Tag«, entschied ich schließlich unglücklich.
Er sah enttäuscht aus. »Okay! Dann mach' ich morgen. Machst du übermorgen?«

»Okay«, sagte ich. Irgendwie wollte ich mich entschuldigen oder es erklären oder irgend etwas tun, aber ich konnte nicht.

Als ich am nächsten Tag um die Mittagszeit zur Cafeteria kam, stand Gary mit einem Haufen seiner Freunde in einem behelfsmäßigen Kassenhäuschen, und auf dem Schild davor war zu lesen:

MACHT FERIEN IM WELTRAUM,
JETTET HINEIN INS FEST DER MILCHSTRASSEN,
AM 21. DEZEMBER
KARTEN: S 2.00!!   KLEIDUNG: AUSGEFLIPPT

Gary sah so betreten aus, daß ich lachen mußte. »Es hätte schlimmer sein können«, tröstete ich ihn. »Sie hätte dich wie ein Marsmännchen verkleiden können.«

»Oder ganz in Purpurrot«, grollte er. »Aber das Schlimmste ist, diese Knallköpfe da halten es für eine großartige Idee.«

Seine Freunde begannen, *Mork vom Ork* zu imitieren, und ich ging zum Essen hinein. Danach setzte ich mich mit Gina, Kate und Marge draußen auf die Stufen. Es war ein schöner, sonniger Tag, mehr Herbst als Dezember. »Row, du bist doch im Komitee«, sagte Gina, »wie ausgeflippt sollen wir uns denn für diese Party anziehen?«

»Ich weiß es nicht«, erwiderte ich ehrlich. »Ich meine, es ist jedem selbst überlassen, was er machen will.«

Marge wandte sich an Kate. »Was ziehst denn du an?«

»Ich weiß es noch nicht. Wäre es nicht prima, ein ganz ausgefallenes Kostüm zusammenzustellen? Vielleicht einen Bergkristall auf dem Nabel, oder so was?«

»Ich kenne wen, dem das gut gefallen würde!« tönte Marge. »Nicht, daß er noch mehr Inspirationen braucht!«

»Ich werde am Ende wahrscheinlich nur Flicken auf meine Jeans nähen«, sagte Gina kläglich. »Ich bewundere immer die

Leute, die Geschmack haben. Wie Renee Harlowe — das ist ein Mädchen, die sieht immer toll aus! Sie hat ihren eigenen Stil, weißt du?« Ich schaute schnell zu Kate hinüber, um herauszufinden, ob wir beide dasselbe Gespräch hörten. Ihr Gesicht verriet nichts. Wie konnten wir uns nur in so kurzer Zeit so weit voneinander entfernt haben?

Ich sah Gary aus der Seitentür herauskommen. Er fing meinen Blick auf und winkte, und ich winkte zurück. Plötzlich hatte ich das dringende Bedürfnis, zu ihm hinzulaufen und ihm zu sagen: »Ich gehöre nicht wirklich dazu, ehrlich!« Aber wenn ich nicht zu ihnen gehörte, was tat ich dann bei ihnen? Sie waren wenigstens sie selbst. Sie machten niemandem etwas vor, sie trugen keine lächerliche Verkleidung.

Ohne daß ich es gemerkt hätte, waren sie auf ein anderes Thema gekommen. »Was hältst du denn von der Verlobten von Mr. Phillips?« fragte Marge.

Ich schaute sie an, aber sie hatte die Frage an Gina gerichtet. »Oh, sie ist hinreißend. Möchtest du nicht auch so aussehen? Ich bin richtig froh, daß sie *alt* ist. Kannst du dir vorstellen, du müßtest mit so was um männliche Aufmerksamkeit konkurrieren?«

Meine Wangen glühten jetzt, aber niemand beachtete mich oder sprach mich direkt an. Das war bestimmt wohlüberlegte Taktik, damit wollten sie vermutlich herausfinden, wie ich reagierte. Ich blieb stumm, und einen Augenblick lang sagte niemand etwas. Dann fragte Gina ganz unschuldig: »Gehst du mit jemandem zur Party, Row?«

Zum erstenmal in meinem Leben konnte ich diese Frage bejahen. »Mhm. Ich geh mit Gary«, sagte ich.

»Gary? Was für'n Gary?« fragte Marge.

»Gary Finch«, erklärte ich und versuchte, nicht ganz so verärgert zu klingen, wie ich es war.

»Ach der«, sagte sie.

Warum mußten sie jeden miesmachen? »Was hast du gegen ihn?« fragte ich.
Kate griff ein. »Nichts, Rowena! Er ist wirklich nett. Nicht wahr, Gina?«
»Jaja, ein ganz toller Hecht«, sagte sie spöttisch. Kate warf ihr einen giftigen Blick zu, und plötzlich war ich ihr dankbar. Tief unter der Oberfläche bestand vielleicht doch noch eine Art Freundschaft zwischen uns beiden. Warum konnte ich nicht einfach zu ihr hingehen und die ganze Sache aufklären?
Am nächsten Tag war ich mit dem Schild und dem Kassenhäuschen dran. Es tat mir schon leid, daß ich gesagt hatte, wir sollten jeder einen anderen Tag nehmen, aber ich hatte geglaubt, es wäre wirklich zuviel, zwei Tage lang zur Schau gestellt zu sein. Und worüber hätte ich mich mit Gary unterhalten können? Bis halb eins hatte ich es geschafft, nur vier Karten zu verkaufen. Noch eine halbe Stunde! Plötzlich kam Gary den Gang entlang und brach in ein breites Grinsen aus.
»Macht Spaß, nicht wahr?« lästerte er.
»Nein, auf dieser Seite des Schildes nicht. Komisch, gestern hab ich geglaubt, es wäre ganz lustig.«
»Übrigens, ich wollte dich noch fragen, wie ausgeflippt machst du dich denn zurecht für die Party? Ich meine nur, ich möchte nicht, daß mein Dad einen Herzanfall bekommt. Er fährt uns nämlich.«
»Ich weiß es wirklich noch nicht. Was ziehst du denn an?«
»Ich hab mich noch nicht entschieden. Ich könnte mich als Nikolaus verkleiden, nur damit die gute, alte Renee überschnappt.« Wir lachten beide, und er sah mich auf eine Weise an, daß ich am liebsten gleichzeitig gelacht und geweint hätte.
Ich hätte ihn so gern gebeten: »Erzähl mir von den Gerüchten, die du gehört hast, Gary, und dann kann ich dir erzählen, daß sie nicht stimmen. Überhaupt nicht stimmen!« Und dann würde er erklären:

»Ich hab's gewußt! Ich hab's die ganze Zeit gewußt!« Aber statt dessen kamen Marge und Robin aus der Cafeteria heraus, um zu sehen, wie es mir ging, und Gary rief: »Bis später!« und lief schnell hinein.

»Wieviel Karten hast du denn verkauft?« fragte Robin.

Ich verzog das Gesicht. »Vier!« antwortete ich.

»Die meisten werden sie erst am Eingang kaufen«, meinte Marge.

»Das glaub' ich auch«, sagte ich mit einem Seufzer. Ich sah zwar, daß Robin heimlich Marge anstieß, aber meine Reflexe sind nicht gerade die schnellsten, deshalb erschreckte mich die rauhe Stimme neben mir.

»Wie geht's Geschäft?« fragte er lächelnd.

Augenblicklich begann ich, den abgebrochenen Nagel an meinem linken Zeigefinger eingehend zu betrachten. »Ganz gut«, murmelte ich.

»Hallo, Mr. Phillips«, flötete Marge unbekümmert. »Ich hab gehört, daß Sie bei uns die Aufsicht übernehmen.«

»Das stimmt«, bestätigte er. »Also, nimm dich in acht! Ich kann schrecklich ekelhaft sein.«

Robin kicherte. »Ihre Verlobte ist wirklich hübsch. Wann heiraten Sie?«

»Wir haben noch kein Datum festgesetzt«, erwiderte er. Dann ging er in die Cafeteria hinein.

Endlich hob ich den Kopf wieder, und mir kam in den Sinn, daß jeder, der mich in der letzten Zeit beobachtete, zu dem Schluß kommen mußte, ich sei von einer fürchterlichen Krankheit befallen, die mir den Kopf hinunterzog, sobald ein gewisser Englischlehrer in meiner Nähe auftauchte. Aber wie hätte ich mich verhalten sollen? Ein Teil von mir sagte:

»Sei frech wie Oskar! Flirte mit ihm!«

Aber ich konnte nicht. Es steckte noch zu viel von der alten Rowena Swift in mir.

»Das wird 'ne Superparty!« jubelte Marge und sah mich direkt an. »Meinst du das nicht auch, Rowena? Freust du dich etwa nicht drauf? Ich meine, es ist so ungewöhnlich. Ich glaub, es wird ein Mordsspektakel. Wir haben sogar 'ne prima Aufsicht, stimmt's?«

Ich stierte an ihr vorbei. »Ja, das haben wir«, sagte ich ruhig.

Als sie den Stand verließen, wurde mir eins ganz, ganz klar: Das Fest der Milchstraßen würde ich nie und nimmer überleben.

»Wir sollen heute nacht Schnee kriegen«, sagte Mr. Finch freundlich, als er den Wagen aus unserer Einfahrt hinauslenkte. Ich glaube, ich hätte Garys Vater überall erkannt. Er war eine größere Ausgabe von Gary mit den gleichen strohblonden Haaren (nur eine Spur dunkler) und mit dem gleichen Lächeln.

»Glaubst du, daß wir viel kriegen?« fragte Gary.

»Das glaub ich nicht. Es soll sowieso erst gegen zwei oder drei Uhr früh anfangen.«

Während wir zur High School fuhren, fragte ich mich die ganze Zeit, welche Art von Kostüm Gary wohl trug. Ich konnte nichts erkennen, weil er einen Mantel anhatte. Er sah völlig normal angezogen aus, aber vielleicht kam ein T-Shirt aus Alufolie zum Vorschein?

Ich hatte nahezu stundenlang vor meinem Schrank gestanden und versucht, mich für irgend etwas zu entscheiden. Ich hatte ein Zigeunerkostüm in Erwägung gezogen, das ich einmal an

Halloween* getragen hatte, dann einen gestreiften Haremspyjama, den Livvy dagelassen hatte, und — zum Beweis dafür, wie verzweifelt ich inzwischen war — sogar ein altes, schwarzes Abendkleid meiner Mutter. Muß ich noch betonen, wie komisch ich in jeder dieser Verkleidungen ausgesehen hatte?
Schließlich hing mir das ganze Theater zum Hals heraus, und auf einmal wußte ich, klar und eindeutig, was ich anziehen würde. Ich nahm meinen grünen Lambswoolpullover mit dem V-Ausschnitt heraus und den roten Schottenrock, den ich kaum angehabt hatte, weil ich ohnehin kaum Röcke anzog. Ich würde weihnachtlich aussehen! Schlimm genug, daß ich schon ein ganz anderes Leben lebte, zur Weihnachtsfeier wollte ich nicht auch noch aussehen wie ein UFO mit Akne!
Ich fühlte mich richtig wohl, als ich wußte, daß ich den Pullover und den Rock anziehen würde. Zum erstenmal seit Wochen tat ich etwas, das wirklich mir entsprach. Es war beinahe so, als hätte ich mir in der letzten Zeit selbst gefehlt! Und als ich hinunterkam, merkte ich daran, wie meine Eltern mich ansahen, daß ihnen mein Aufzug auch gefiel. Ich wußte, daß meine Mutter von meiner neuen Frisur und dem Make-up nicht allzu begeistert war, aber sie hatte eine Eigenschaft, die ich allmählich an ihr zu schätzen begann: Selbst wenn sie manche Dinge nicht mochte, machte sie kein Riesentrara darum wie vielleicht manche anderen Mütter. Möglicherweise verstand sie, daß ich Mühe hatte, mein richtiges Ich zu finden.
Im letzten Augenblick hatte ich Bammel bekommen und meinen Mantel angezogen, bevor ich Gary die Tür aufmachte, so daß ich mich fragte, wer von uns beiden am meisten überrascht sein würde, wenn wir in der Turnhalle unsere Mäntel aufhängten.

* *Halloween:* Ursprünglich keltisches Fest zum Winteranfang, bei dem Hexen und Dämonen vertrieben werden sollten; wird jetzt in den angelsächsischen Ländern am Vorabend von Allerheiligen mit Maskeraden und allerlei Schabernack gefeiert.

Gary trug einen grünen Pulli über einem Hemd mit roten Schottenkaros. Er sah tadellos aus. Als er entdeckte, was ich anhatte, grinste er, aber keiner von uns sagte etwas.

Ginger Wilson stand neben den Erfrischungen. »Habt ihr von dem Sturm gehört?« fragte sie mit großen Augen.

»Er wird erst nach Mitternacht erwartet«, erklärte ich und stellte dabei fest, daß Ginger einen weiten Pyjama aus Goldlamé angezogen und sich zur Feier des Tages Goldglanz ins Haar gesprüht hatte.

»Glaubst du das? Ich glaub's nicht. Der Wetteransager irrt sich doch immer.«

»Nun, vielleicht kommt der Sturm dann überhaupt nicht«, meinte Gary freundlich und führte mich an Ginger vorbei dahin, wo Renee mit Jimmy stand. Beth war nirgends in Sicht, vermutlich war sie noch gar nicht da.

Renees Dekorationsteam war offensichtlich entweder die Begeisterung oder das Geld ausgegangen — vielleicht auch beides — denn die Wände waren schließlich doch nicht mit purpurrotem Kreppapier bezogen. Aber die Fenster waren damit verhüllt, und riesige Monde, Sterne und sonstige Planeten aus Aluminiumfolie hingen von der Decke. Es war nicht so gräßlich, wie ich es erwartet hatte, aber ich hätte immer noch viel für einen langweiligen, alten Weihnachtsmann in seinem Schlitten gegeben!

Renee hatte alles aufgeboten, sich für diesen besonderen Anlaß entsprechend zu verkleiden. Zuerst war ich mir gar nicht sicher, was da um sie herumwallte, aber nach eingehender Betrachtung fand ich heraus, daß sie ein Bettlaken purpurrot gefärbt und wie eine Toga um sich geschlungen hatte. Silberbänder schmückten ihre Arme, und silberne Ketten baumelten ihr an verschiedenen Stellen vom Kopf. Es sah sehr unbequem aus.

Als der Tanz begann, war ich überrascht, was für ein guter

Tänzer Gary war. Er war viel besser als ich. Ich hatte praktisch keine Erfahrung darin, mit einem Jungen zu tanzen, und ich hatte solche Angst, ihm auf die Füße zu treten, daß ich mich überhaupt nicht entspannen konnte. Natürlich verrenkte ich mir auch den Hals, um Alan und seine Freundin zu entdecken. Aber wie sich das für eine gute Aufsicht gehörte, blieben sie im Hintergrund.
Dann erspähte ich sie aus den Augenwinkeln heraus doch, drehte mich sofort um und strebte auf die andere Seite der Turnhalle. »Wo gehst du denn hin?« fragte Gary und zottelte hinter mir her.
»Mir gefällt's auf dieser Seite besser«, sagte ich.
Er schaute mich ganz verdutzt an. Zu allem Überfluß war ich nun noch drauf und dran, mein erstes Rendezvous zu verpatzen. Er würde mich nie wieder einladen.
Renee kam zu uns herüber. »Rowena und Gary, wollt ihr euch nicht mal ein bißchen um Mr. Phillips und seine Freundin kümmern? Mir fällt nichts ein, worüber ich mit ihnen reden könnte.«
In diesem Augenblick rauschte Kate mit Ronnie heran. Wenn ich sage »rauschte«, dann meine ich auch »rauschte«. Sie trug meterweise roten Chiffon mit künstlichen Stechpalmenblättern im Haar und am Ausschnitt ihres Kleides. Auf ihre Art war Kate ebenfalls der Tradition treu geblieben. »Wirklich Row«, drängte sie, »nun geht doch schon, die beiden zu unterhalten!«
Ich hätte schwören können, daß der Boden der Turnhalle zu schwanken begann. Ich warf ihr einen flehenden Blick zu und drehte mich um. Da sah ich, daß Gary schon wieder so verdutzt dreinschaute. Ich schüttelte heftig den Kopf. »Ich will nicht«, stöhnte ich. Vermutlich benahm ich mich nicht so, wie sich ein Mädchen üblicherweise benahm, wenn es mit einem Jungen ausging. Aber ich war nie zuvor mit jemandem ausgegangen, woher sollte ich also wissen, wie man es machte.

»Aber du kommst doch immer so gut mit Mr. Phillips aus«, sagte sie mit vernichtendem Lächeln. »Du mußt jetzt hingehen und ihnen zeigen, daß sie willkommen sind.«
Warum tat mir Kate das an? Mir stiegen die Tränen in die Augen. »Entschuldigt mich, bitte«, murmelte ich und bahnte mir einen Weg durch die tanzende Menge zum Ausgang. Ich spürte, wie jedes Fünkchen der neuen Bonnie Sue Detweiler in mir erlosch. Ich mußte mich Kate auf Gedeih und Verderb ausliefern. Mußte ihr versprechen, die ganze Sache aufzuklären, wenn sie mich bloß jetzt laufenließ! Wie demütigend, daß ich Kate schließlich doch noch alles gestehen mußte!
Gerade als ich die Eingangshalle erreichte, merkte ich, daß Gary neben mir war. »Row, was ist denn los?« fragte er.
Ich schluckte mühsam. Mein ganzes Leben lang hatte ich mich noch nie so elend gefühlt. Ich war zum erstenmal eingeladen worden... Ich hätte so glücklich sein sollen, und statt dessen war nun alles verpatzt. Und ich hatte es selbst verpatzt, weil ich versucht hatte, etwas zu sein, was ich nicht war. »Nichts«, sagte ich. Was könnte ich denn Gary erzählen? Sollte ich ihn bitten: Bring mich nach Hause? Bring mich nach Hause, bevor ich zum Gespött der ganzen Schule werde? Kate mußte inzwischen die ganze Sache herausbekommen haben.
»Dir ist es auch zuwider, wie?« fragte er, während er sich an die Wand lehnte und die Musik aus der Turnhalle herausschmetterte.
Ich schaute ihn an. »Zuwider, was?«
»Dieses Krieg-der-Sterne-Weihnachten. Ich weiß, daß es kitschig klingt«, sagte er, »aber ich fühle mich irgendwie betrogen.« Ich nickte. Mit Gary ging es mir so, wie es mir mit Beth immer gegangen war. Ich brauchte mich nicht zu verkrampfen und konnte ich selbst sein. Es wäre schön, wenn ich bei allen anderen auch ich selbst sein könnte, dachte ich reumütig. Aber wer war ich denn wirklich? Würde Gary

mich auch mögen, wenn er mein wahres Ich kannte und nicht nur das Mädchen, über das alle geklatscht hatten?
Da sah ich Beth aus der Turnhalle herauskommen. Sie entdeckte mich und lächelte über das ganze Gesicht. Ich war so überrascht, daß ich einen Moment lang nicht wußte, was ich sagen sollte. »Hallo. Ich hab gar nicht gewußt, daß du hier bist«, sagte ich schließlich.
»Paul und ich, wir sind ein bißchen zu spät gekommen.«
Ich sah sie an. »Paul?«
»Ja. Paul Matthews. Wußtest du nicht, daß wir miteinander gehen?« Dann machte sie mir ein Zeichen, als wären wir wieder die besten Freundinnen, und entschwand in den Waschraum.
»Entschuldige mich bitte«, bat ich Gary und lief ihr nach.
Es war voll hier, aber ich erspähte Beth drüben vorm Spiegel und zwängte mich zu ihr durch. Als ich mich selbst sah, zuckte ich zusammen. Ich sah aus wie eine der Frauen aus dem Werbefilm für einen Backofenreiniger — wie die, die ihren Backofen mit Spitzhacke und Schaufel säubert. Mein Haar hing mir auf einer Seite übers Gesicht, und mit dem silbernen Lidschatten hatte ich eine gewisse Ähnlichkeit mit einem Waschbären. Oh, ich hatte es so satt, eine Bonnie Sue Detweiler zu sein!
»Beth«, sagte ich, »ich hab' nicht gewußt, daß du mit Paul Matthews gehst. Er ist ganz toll!« Es war nur eine kleine Lüge. Er war nicht wirklich toll, aber er war um Klassen besser als Jimmy Dennison. Wenn ich's recht bedenke, wäre sogar der Werwolf um Klassen besser als Jimmy Dennison.
»Ja, und das verdanke ich nur dir«, sagte sie lächelnd.
»Mir?«
»Sicher. Hätte sich Jimmy nicht in dich verknallt und aufgehört, mit mir zu gehen, hätte mich Paul nie eingeladen.«
»Oh...«, stammelte ich. »Beth, es tut mir wirklich leid, wie ich mich benommen habe. Ich möchte ehrlich, daß wir wieder Freundinnen sind.« Eigentlich kroch ich vor ihr auf dem Boden.

Ich möchte wieder ich selbst sein, Beth, das war es, was ich tatsächlich zu sagen versuchte. Sie wandte sich um, und wir umarmten uns spontan. Dann fingen wir an, unbändig zu kichern.

»Ich auch«, sagte sie. »Du hast mir wirklich gefehlt.« Erst jetzt fiel mir auf, daß sie ihr grünes Strickkleid trug.

»Du bist aber nicht gerade ausgeflippt angezogen«, stellte ich grinsend fest.

»Du auch nicht!« meinte sie, und wir begannen wieder zu lachen. Bei Beth und mir war es natürlich, daß sich die eine genauso angezogen hatte wie die andere. Eine dachte ja auch genauso wie die andere. Wir waren schließlich die besten Freundinnen!

»Hast du je herausgefunden, wer Du-weißt-schon-wer ist?« flüsterte sie.

Ich erstarrte. Beth war wahrscheinlich der einzige Mensch an der ganzen Schule, der es nicht wußte, dachte ich gequält.

»Nein, hab' ich nicht«, hauchte ich.

»Also, ich schon! Ich brannte darauf, es dir zu erzählen!«

Ich hatte den Steckkamm aus meinem Haar genommen und wischte mir die verlaufene Wimperntusche von den Wangen.

»Du hast...« sagte ich langsam.

»Sicher! Du kennst mich doch«, fuhr sie fort. »Ich kann nicht schlafen, bis ich weiß, was los ist. Ich hab' die Geschichte aus erster Hand erfahren, wie man so sagt. Und sie hatten recht — es ist wirklich die letzte, von der ich es erwartet hätte.« Ich stand vorm Spiegel, und das Taschentuch in meiner Hand schwebte über meinem linken Auge.

»Wer — wer glaubst du denn, wer es ist?« fragte ich zitternd.

Beth seufzte. »Ich *glaube* nicht, daß es jemand ist, ich *weiß*, wer es ist.« Sie rückte näher zu mir heran und senkte die Stimme. »Und wenn du geradeaus in den Spiegel guckst, über deine Schulter, dann weißt du auch, wer es ist.«

Ich starrte einen Augenblick lang auf mein eigenes Spiegel-

bild, während die Gruppe von Mädchen, die soeben zur Tür hereingeströmt waren, einen farbenprächtigen Hintergrund abgaben. Dann hob ich langsam den Blick und schaute nicht auf mich, sondern, wie Beth mich geheißen hatte, an meinem eigenen Spiegelbild vorbei auf das Mädchen, das hinter mir stand und darauf wartete, an den Spiegel heranzukommen.
»Das kann nicht sein...«, tuschelte ich.
Beth stieß mich in die Rippen. »Ist es aber«, zischte sie mir ins Ohr.
»Aber das ist...«, mir blieb der Mund offenstehen.
»Ich weiß«, flüsterte sie, »die letzte, von der du das je vermutet hättest!«
Verwirrt wischte ich mir das Gesicht fertig ab und kämmte mir die Haare, dann drehte ich mich um und lächelte Ginger Wilson zu, als sie meinen Platz vorm Spiegel einnahm.
Die Eingangshalle war leer, und ich lehnte mich für eine Sekunde an die kühle, mit Stuck verzierte Wand, um das alles zu verkraften. Es war nicht ich, über die sie geredet hatten. *Ich bin nicht die neue Bonnie Sue Detweiler, und ich bin es nie gewesen!* Wie konnte ich nur so dumm sein? Ich war bloß die langweilige, alte Rowena Swift. Es war, als hätte eine gute Fee mich zurückverwandelt. Ich wußte noch nicht so recht, wie ich mich fühlte. Traurig und glücklich zugleich.
Gary tauchte am Ende der Halle auf und winkte mich hinein.
»Wo bist du denn gewesen?« fragte er. »Ich hab mir schon Sorgen um dich gemacht. Ich hab geglaubt, dir ist vielleicht schlecht oder so was.«
»Nein, ich bin ganz in Ordnung, glaub ich.«
»Gehn wir tanzen!« sagte Gary und zog mich in die Mitte der Tanzfläche. »Ich hab' einen kleinen Aufstand organisiert«, flüsterte er mir zu. »Bevor die Nacht zu Ende ist, wirst du noch ein paar Weihnachtslieder hören«, kündigte er an und rollte verschwörerisch mit den Augen.

Er lächelte mich an, und ich lächelte zurück, und da machte es bei mir klick!

Wenn ich nicht die diesjährige Bonnie Sue Detweiler war, dann hatte Gary die langweilige, alte Rowena Swift zur Weihnachtsfeier eingeladen. Also war ich vielleicht doch nicht so langweilig. Er hatte keine Gerüchte über mich gehört, weil es keine zu hören gab.

Als wir unsere Mäntel holten, rief jemand: »Es fängt an zu schneien!« und wir rannten hinaus, um die ersten Schneeflocken zu sehen, die träge zu Boden sanken. Gary legte seinen Arm um mich, und ich fühlte mich sehr wohl dabei, also vermute ich, daß ich schließlich ganz beruhigt sein kann. (Es kommt nur darauf an, wessen Arm es ist!)

Ich sah unsere Aufsicht die Schule verlassen und winkte ihnen zu. »Gute Nacht, Mr. Phillips!« rief ich. Dann sagte ich zu Gary: »Sind die beiden nicht ein hübsches Paar?«

Wir bekamen viel Schnee an diesem Wochenende — fast einen halben Meter. Und allen hing es zum Hals heraus, daß sie zwei Tage lang nichts anderes tun konnten, als Schnee zu schaufeln. Gary rief mich während des Schneesturmes mehrmals an, nur um zu hören, was es Neues gab, und das war die Zeit, in der wir wirklich begannen, miteinander zu reden und uns kennenzulernen. Vielleicht wird Gary Finch nicht die große Liebe meines Lebens, aber man weiß es ja nie. Mehr oder weniger gehen wir jetzt miteinander, und ich bin wirklich gern mit ihm zusammen. Es ist immer noch großartig, wenn er seinen Arm um

mich legt, und als er mich zum erstenmal küßte, fand ich es ganz phantastisch.
Wir haben jetzt die Jahreszeit, die allgemein als mittwinterliche Trostlosigkeit bekannt ist. Die Ferien sind vorüber, und der Frühling läßt noch mindestens hundert Jahre auf sich warten. Aber ich habe jüngst verschiedene, kleine Neuigkeiten erfahren, die mein Herz höher schlagen lassen, wie man so sagt:
1. Gwen hat zu Hause angerufen; sie ist verzweifelt über ihre erste Zwei in Wellesley. Ich weiß, daß das ein schäbiger Grund für mein Herz ist, deshalb höher zu schlagen; aber ich habe nie behauptet, vollkommen zu sein.
2. Dr. Barclay hat mir hoch und heilig versprochen, daß meine Zahnspange im März endgültig herunter kommt.
3. Mr. Phillips hat mein Gedicht »Sonnenlicht« dem *Federkiel*, der Literaturzeitschrift unserer Schule angeboten, und sie haben es für ihre Frühjahrsausgabe angenommen. Jetzt schlägt meine Phantasie Blasen. Alle werden sich um mich scharen und mir sagen, wie großartig es ist, und was für eine glänzende Dichterin ich bin, und ich werde bloß bescheiden dastehen und sie mit meinem Lächeln verwirren.
4. Marge Redfield hat den Kampf um ihre Nase gewonnen. Ich betrachtete das als ungeheuren Sieg für alle nicht ganz vollkommenen Rowena Swifts dieser Welt. Ihre Mutter räumte sogar ein, daß unsere Generation viel selbstsicherer ist als ihre; wir hängen, so sagt sie, nicht so sehr von übertriebenen Wunschbildern physischer Vollkommenheit ab.
Was ist sonst noch neu?
Nicht Kate. Kate ist immer noch dieselbe alte Kate, aber wir können dennoch Freundinnen sein, wenn ich mich bloß mit der Tatsache abfinde, daß es ihr gutes Recht ist, zu sein wie sie ist.
Paul Matthews hat kurz vorm Valentinstag mit Beth Schluß

gemacht, was ziemlich mies von ihm war. Wir kauften eine riesige Schachtel Süßigkeiten, so daß ich ihr helfen konnte, ihren Kummer in Schokolade zu ertränken, und dann rief Paul sie wieder an, aber sie wollte ihn nicht sehen, weil sie so viele Pickel im Gesicht bekommen hatte.

Mein Zimmer erholt sich langsam ganz gut von der Gewaltkur, die wir ihm am Erntedankfest angetan hatten. Ich ließ meine Mutter ein paar gestickte Kissen darin verstreuen und erlaubte ihr, leuchtend rosarote Vorhänge an die Fenster zu hängen. Und ich holte sogar meine Spielzeugtruhe aus massiver Eiche zurück. Ist es denn zu glauben, daß mein Zimmer leer schien ohne sie?

Mr. Phillips und Gail Tracey werden während der Ferien im Frühling heiraten, und ich freue mich richtig für sie. Ich glaube, ich werde ihm gestatten, mein literarischer Ratgeber zu sein und es dabei bewenden lassen.

Die winterliche Flaute ist eine gute Zeit zum Nachdenken, und ich habe viel über Rowena Swift nachgedacht: Wer sie ist, und wer sie sein könnte. Ich glaube, wenn ich mich einfach daran halte, ich selbst zu sein, wird die Sache schon gutgehen. Ich bin mir nicht sicher, aber ich denke, mein Ich kommt allmählich zum Vorschein.

Was die neue Bonnie Sue Detweiler angeht, so betrachte ich Ginger zur Zeit mit einem gewissen Respekt, aber ich beneide sie kein bißchen. Bis jetzt hat Beth herausgefunden, daß der betreffende Mann erstens nicht an unserer Schule, zweitens wahrscheinlich an keiner Schule Lehrer und drittens ausgesprochen alt ist. Sie hält mich regelmäßig auf dem laufenden, und wir haben sogar gewettet, in welche Klosterschule Ginger wohl geschickt wird. Ich tippe auf die Schweiz, aber Beth setzt auf Peru.

Ich bin gespannt, wer von uns beiden gewinnen wird.